『こころ』の意味は朦朧として

志村太郎
SHIMURA Taro

文芸社

はじめに

本書の趣旨は次の一文に要約できる。

夏目漱石の『こころ』の意味は朦朧としていて私にはよくわからない。

〈朦朧〉は『こころ』から借りてきた。

いずれにしても先生のいう罪悪という意味は朦朧《もうろう》としてよく解らなかった。
（夏目漱石『こころ』「上　先生と私」十三）

〈朦朧〉でなくてもよかった。

この問答は私に取って頗《すこぶ》る不得要領のものであったが、私はその時底まで押さずに帰ってしまった。

（夏目漱石『こころ』「上　先生と私」七）

〈朦朧〉の代りに「不得要領」を使ってもいい。だが、この言葉には馴染みがない。

「底まで押さずに」は〈底を押す〉と関係があるのだろうか。「底まで」でなく、ほんの少しでも押してみる気にはなれなかったのか。つまり、「頗《すこぶ》る」ではない程度の「不得要領」になるまで、どうにかする気にはなれなかったのか。

然し年の若い私達には、この漠然とした言葉が尊《たっ》とく響いたのです。

（夏目漱石『こころ』「下　先生と遺書」十九）

「漠然」もいい。だが、漠然とし過ぎ。

「言葉が尊《たっ》とく響いた」は意味不明。

尤《もっと》もこれは私に取ってまんざら空虚な言葉でもなかったのです。
（夏目漱石『こころ』「下　先生と遺書」二十二）

「空虚」もいい。ただし、「空虚な言葉」は硬い。

私はただ若い時ならなれるだろうと曖昧《あいまい》な返事をして置きました。
（夏目漱石『こころ』「下　先生と遺書」五十四）

「曖昧《あいまい》」もよさそうだが、ちょっと困る。

多義性。普通2つ以上の意味にとれる表現として蔑視的にみられるが、W・エンプソンが『曖昧の七つの型』（1930）でこれを詩の大きな特徴であると主張して以来、言語技術の一つとしてむしろ積極的に評価されている。7つの型とは（1）単語または文法構造が同時に多様に働く、（2）2つ以上の意味が1つの単語または統語法に溶けあっている、（3）地口、（4）2

つ以上の意味が矛盾しつつ結びつき一層複雑な精神状態を示す、(5)ある観念が生成過程にあるために直喩などが甲乙両者の中間にとどまる、(6)ある表現が種々の矛盾によりなにものも意味せず読者の側での受取り方にまかされる、(7)1単語のもつ2つの意味が文脈上対立し作者は主体の分裂を示す、という場合である。

(『ブリタニカ国際大百科事典』「曖昧［アイマイ］」)

『曖昧の七つの型』を誤読し、〈言語にとって美とは曖昧だ〉と語る人がいる。「主体の分裂を示す」という場合もあることを忘れてはならない。

ここで、問題を二つ作る。

一　『こころ』の意味は明瞭か。(傑作かどうかではない)

二　『こころ』は傑作か。(意味が明瞭かどうかではない)

私が解こうとしている問題は、一だ。二ではない。〈日本の義務教育を終えた程度の読解力の持ち主なら誰でも『こころ』を理解できるか〉という問題だ。専門家の間でさえ意見が分かれるような文芸的価値などに関する問題ではない。

■略記など

慶応三年に生まれて大正五年に死んだ漱石こと夏目金之助を〈N〉と書き、『こころ』の作者と区別する。作者は作品に付随する虚構の人格だ。たとえば、『こころ』の作者と『坊っちゃん』の作者は別人ということ。

『こころ』は、「上　先生と私」「中　両親と私」「下　先生と遺書」の三部に分かれている。引用箇所を示す場合、これらを「上」「中」「下」などと略し、回数を添える。たとえば、冒頭の文の場合、〈上一〉と表記する。

「上」と「中」で「先生」と呼ばれている人物を〈S〉と書く。Sを「先生」と呼ぶ「私」を〈P〉と書く。

「上」と「中」の語り手はPだ。聞き手は不明。「上」と「中」を合わせて〈P文書〉と書く。「下」の語り手はSで、聞き手はPだ。「下」を「遺書」と略記する。

目次

第五章　「明治の精神」

『こころ』の意味は朦朧として

いずれにしても先生のいう罪悪という意味は朦朧《もうろう》としてよく解らなかった。

（夏目漱石『こころ』）

「いや、ひとつのものも、人によって呼び方がちがうものですよ」とポアロはなぐさめた。「きっとなにか気がかりになるものを、あなたは耳にしたか気づかれたかしたのだということが、わたしにもわかってきましたよ。しかも、聞いたか見たかあるいは気づいたものがなんなのか、あなた自身にとっても、さっぱりわからないということだってありうると、わたしは思うのです。あなたは、ただその結果に気づいているだけなのです。わたし流に言うならば、あなたは、自分が知っていることがなんであるかわかっていないのです。ま、それを直感と名づけてもかまいませんがね」

（アガサ・クリスティー『死者のあやまち』）

第一章　「意味は、普通のとは少し違います」

一　『ドラえもん』でいうと

「解釈は頭のある貴方に任せるとして」

『こころ』を何の抵抗もなくすらすらと読んでわかったつもりになった人は、自分の読解力を疑うべきだ。

　本書は、先学の貴重な研究成果に学びながら、改めて「こゝろ」の解釈を試みたものである。「先生」をはじめとする登場人物たちの心理と行動を、彼らが生きた時代と社会のなかにおいて解釈しようとしたこと、「先生」の自殺を不可解であるとか不自然であるとか決めつけず、そこに至る心理的過程をていねいに辿ろうとしたこと、「先生」の心理を規制したものとして「道学」ばかりでなく民間信仰にも目配りをしていること、「先生」の次の時代に生きる「私」という人物の解明を重視したこと、ときに作品の不整合やほころびなどといわれる部分についても、できるだけ解釈の可能性を探ろうとしたことなどに特徴があると思っている。

（水川隆夫『夏目漱石「こゝろ」を読みなおす』「まえがき」）

「解釈の可能性」は意味不明。

解釈は頭のある貴方に任せるとして、私はただ一言《いちごん》付け足して置きましょう。

（夏目漱石『こころ』「下　先生と遺書」十二）

Pの「解釈」は示されない。Sにとって「解釈」は不必要らしい。『こころ』

の作者にとっても同様だろう。

以下、私も解釈めいたことを試みる。ただし、その目的は「作品の不整合やほころびなど」を誇張するためだ。

ある真相

『こころ』の内部の世界で起きていたかもしれないことを、私なりに想像してみる。


変な両親によって変な育てられ方をしたSは、変な少年になった。財産家の父が死に、母も後を追うように死ぬ。その後、同居した叔父一家に甘え過ぎて、もてあまされ、親戚にも疎まれて、故郷から追放される。

気取り屋でひねくれ者のSに、Kという友人がいた。Kは、わりとよくあるタイプのKYだ。人に好かれないタイプの二人は、仲好しごっこをするために相手を利用していた。二人は、同じ大学に通うために上京し、ルーム・シェアをする。

Kは養子だった。Sは K を自分と同じような目に遭わせたくて、彼を唆し、彼の養親に反抗させる。Kは復籍した実家からも嫌われて、苦学生になる。SにはKを孤立させた責任があるのだが、もう関わりたくない。Sは一人で新しい下宿に移る。

下宿先には「未亡人《びぼうじん》と一人娘と下女」（下十）しかいない。「一人娘」の名は「静《しず》」（上九）という。彼女は、「遺書」では「御嬢さん」（下十一）あるいは「妻《さい》」（下五十一）と呼ばれている。また、静の母は「奥さん」（下十二）と呼ばれている。

「未亡人《びぼうじん》」の娘に良縁は望めない。また、母も「一人娘」をよそへやりたくない。静の母は適当な下宿人を探していた。娘と恋愛ごっこをさせて結婚させ、マスオさんに仕立てるためだ。そこへ世間知らずで一流大学の学生であるSが現れたから、いいカモだ。おだてる。Sは彼女の魂胆に気づいていながら、婿になりたがる。母性愛に飢えていたからだ。静を愛しているわけではない。だから、彼女に告白できない。仲人の心当たりもない。そこで、K を仲介役に仕立てようと企み、同じ下宿に住まわせる。

静とSは婚約したのも同然の間柄だった。ところが、Kは、Sの友人である自分に対する静の親切を自分に対する恋慕と勘違いし、舞い上がる。このままだと、Kは静の母から静を略奪し、駆け落ちしかねない。男性的魅力において、SはKに負けている。Sが唯一Kに勝っているのは財産だ。

静の母は、貧乏なKを婿にしたくない。その点で彼女とSの利害は一致し、静とSの婚約が成立する。SあるいはKに対する静の思いは不明。

静とSの婚約を知った後、KはSを辱めるために自殺する。Sは恥じる。罪は贖えるが、死者を相手に恥を雪ぐことはできない。

Kの死後、静とSは結婚する。やがて、二人の結婚にまつわる真相を知る母が死ぬ。Sはニートになる。

無駄に年月が流れる。

暇そうなSに暇な青年Pが寄りつき、ティーチャーズ・ペットになる。なお、Pは静を「奥さん」（上四）と呼ぶ。

Sは誰かに「自叙伝」（下五十六）を聞いてもらいたいと願っていたので、Pを利用する。Sは「遺書」をPに送る。会って話をするより書く方が楽だからだ。

突っ込まれないで済む。

その少し前、明治天皇が崩御し、乃木夫妻が自殺する。その出来事を利用し、Sは「明治の精神に殉死する積り」（下五十六）と気取る。

「遺書」を入手したPは、慌てて上京する。

登場人物

話を単純にするため、『ドラえもん』（藤子・F・不二夫）を利用する。ついでに、『坊っちゃん』（N）と『虞美人草』（N）の登場人物も並べてみる。

『ドラえもん』	『坊っちゃん』	『虞美人草』	『こころ』
のび太	「うらなり」	小野	Sが演じたS
出来杉	「赤シャツ」	甲野が演じた甲野	Kが演じたK
静香	「マドンナ」	藤尾	静
スネ夫	「五分刈り」	甲野	S

ジャイアン　「山嵐」　宗近　K
ドラえもん　清　藤尾の母で甲野の義母　静の母

「五分刈り」というのは、『坊っちゃん』の語り手で主人公のあだ名だ。これは『坊っちゃん』の後日談として創作された小説『うらなり』（小林信彦）に由来する。

この表で注目してもらいたいのは、静と並んで、「マドンナ」と藤尾がいることだ。「マドンナ」は箱入り娘で正体不明。「五分刈り」は彼女に一目惚れしたみたいだが、その話は立ち消えになっている。一方、藤尾は男たちを手玉に取る性悪女として描かれている。静は、清純派と肉食系のどちらのようにも思える。どちらでもないのだろう。

なお、静の母も、甘い清のようで、狡い義母のようだ。

二　モザイク

「女の代表者」

青年Sにとって、少女静は正体不明だった。では、中年Sの回顧する彼女はどうか。

女の代表者として私の知っている御嬢さんを、物の数とも思っていないらしかったからです。

（夏目漱石『こころ』「下　先生と遺書」二十七）

「代表者」は意味不明。
「知っている」の真意は〈理想化している〉などか。
「思って」は〈Kが「思って」〉の略。

Kは、「女」の全部を「物の数とも思っていない」はずだ。あるいは、そのようなふりをしていた。だから、〈Kにとって静がどうのこうの〉という話は成り立たないはずだ。

「女の代表者」の真意は〈乳母の代理人〉だろう。静の母が乳母のばあやで、静が子守りのねえやだ。だが、Sにそうした自覚はない。作者にもない。

語られるSが語り手Sの言葉を用いてKに話しかけたら、どうなっていたろう。

S　女の代表者として君の知っているのは静かい？

K　イミフ〜。

S　女の代表者として君の知っているのは誰だい？

K　イミフ〜。

Sが、ざっくばらんに話をしていたら、どうなっていたろう。

S　静は君の好みのタイプかい？

Ｋ　違う。
Ｓ　じゃあ、どんなのがタイプ？
Ｋ　タイプなんかないよ。
Ｓ　女嫌い？
Ｋ　そうだよ。忘れたのか？
Ｓ　覚えているよ。でも、静を見たら考えが変わるかと思って。
Ｋ　変わるものか。
Ｓ　君は鈍いんだ。
Ｋ　君が甘いんだ。静のどこがいい？
Ｓ　彼女はね、えへん、女の代表者なんだ。
Ｋ　イミフ～。

やはり、同じような結末。

屁理屈

「女の代表者」の文を整理してみよう。

Ⅰ　Sは静を重んじる。Kは静を軽んじる。よって、SはKを軽んじる。

おかしな三段論法だ。屁理屈。結論におけるSとKの関係は逆でなければならない。

Ⅱ　Sは静を重んじる。Kは静を軽んじる。よって、KはSを軽んじる。

ありふれた物語では、次のようになる。

Ⅲ　KはSを重んじる。Sは静を重んじる。よって、Kは静を重んじる。

友達の友達は友達だ。

ただし、男女関係の場合、そううまくはいかない。二人の男が一人の女を奪い合うことになる。だが、選択権は静にあるから、静がどちらかを選べば、終わり。どちらをも選ばなければ、終わらない。いや、始まりもしない。逆に、静が二人の男を重んじ、SとKが反目しなければ、『優しい関係』（フランソワーズ・サガン）のような話になるか。この場合、静はSを夫のように重んじ、Kを父のように重んじることになる。SはKを父のように重んじる。Sは、こうした関係を夢見ていたのかもしれない。Kは〈静の母の夫〉ということだ。Sは静の母の夫になりたかったのだが、その代役としてKを立てた。

本文は、次の物語を暗示している。

Ⅳ　静はSを重んじる。静はKを軽んじる。よって、SはKを軽んじる。

Sは、ⅠによってⅣを暗示しようとした。ところが、ⅡとⅢが混ざってしまった。

語られるSは混乱していたらしい。実際にはどうだったか、わからない。だが、語り手Sが混乱していることは確かだ。

「代表者」という言葉は、Sの混乱を隠蔽するために作者がかぶせたモザイクのようなものだ。モザイク、あるいは、煙幕、隠れ蓑。

代表者あるいは再現前

「女の代表者」という言葉は、Sの自嘲の表現のようだが、本当は作者によるモザイクだ。

一部分が全体の特徴や性質を表わすこと。また、全体を表わす代わりのもの。

＊吾輩は猫である（1905―06）〈夏目漱石〉一一「窮屈なる碁石の運命はせせこましい人間の性質を代表して居る」

（『日本国語大辞典』「だい-ひょう・・ヘウ【代表】」）

「女の代表者」の場合、「女」の「全体の特徴や性質」を静が「表わすこと」になるとか、ならないとか、そんなことは意味不明。

『吾輩は猫である』の例は、〈「窮屈なる碁石の」「性質」「はせせこましい人間の」「運命」「を代表して居る」〉の意図的な言い損ないだ。これは読者を笑わせるために作られた悪文であり、「代表」も冗談のうちに入る。

I　窮屈なる碁石の性質

II　せせこましい人間の運命

「窮屈なる」と「せせこましい」は類語なので、「碁石」は「人間」の「代表」になる。ただし、無理がある。だから、「運命」と「性質」を取り換えて混ぜ合わせた。そして、この工夫を目立たせるために、IとIIのどちらにも属さないような「代表」という言葉を用いた。「代表」は、いわば二つの物語の蝶番なのだ。「全体を表わす代わりのもの」は、普通、換喩という。

あるものを表すのに、これと密接な関係のあるもので置き換えること。角帽で大学生を表す類。

（『広辞苑』「かんゆ‐ほう【換喩法】」）

しかし、〈角帽≒大学生〉の関係を使って〈静≒女〉と書いても意味がない。

① 法人・団体または一個人に代わってその意思を外部に表示すること。また、その人。「親族を―して挨拶する」「―者」

② 全体を示すものとなるような、一つのものまたは一部分。「日本文学を―する作品」「輸出品の―格」

（『広辞苑』「だい‐ひょう【代表】」）

「女の代表者」の「代表」はどちらだろう。形だけを見たら①のようだが、意味としては②かもしれない。

ローマカトリック教会と絶対王政を念頭に置きつつ「ポリスの一体性」＝政治的統一体の秩序原理として考えられたRepräsentationこそが、フランス革命期憲法に「ひき移され」、一七九一年憲法第三篇二条の「フランス憲法（＝国制）は代表制である」という文言となった、というシュミットの理解。その意味でのRepräsentationに、どう訳語を与えるか。戦前、宮沢俊義「国民代表の概念」（一九三四年）は、「代表なる表象」が「法律的実在」を持たぬ「全くのイデオロギーにすぎぬ」ことをあばく地点に、自己の位置を定めた。一方で、尾高朝雄、清宮四郎、黒田覚らの知的サークルで「体現」「象徴」という語が議論されていた、という注目に値する最近の指摘がある（市川健治「象徴・代表・機関」全国憲法研究会編『日本国憲法の継承と発展』）が、幸いなことに、この語に正面から相対した大著が、われわれにはすでに与えられている。和仁陽の労作『教会・公法学・国家―初期カール・シュミットの公法学』（一九九〇年）がそれである。和仁は、いくつかの了解を前提とした上で、「やむを得ず」と一歩下がる慎重さを示しながら、Repräsentation

に「再現前」の訳を与えた。この訳語によって、「代表」という語が同時に歴史的意味連関を豊富に包蔵するものであることが、あぶり出されると言ってよいだろう。

（カール・シュミット『現代議会主義の精神史的状況　他一篇』樋口陽一解説）

Sの「代表者」という言葉は、開化の漢語、あるいは江戸時代中期以降の蘭学の訳語に始まる和製漢語の「やむを得ず」的、あるいは〈とりあえず〉的な曖昧さを悪用したものだ。

三　意味と文脈

普通の意味

〈意味〉の意味を共有しておこう。

① 記号・表現によって表され理解される内容またはメッセージ。㋐特に言語表現によって表される内容。言語表現が指し示す事柄または事物。⇒意義①。㋑言語・作品・行為など、何らかの表現を通して表され、またそこから汲み取れる、その表現のねらい。「何を言いたいのか—が分からない」「—ありげな笑い」

② 物事が他との連関において持つ価値や重要さ。「そんな事をしたって—がない」

（『広辞苑』「い‐み【意味】」）

私が用いる〈意味〉の意味は、①㋐の「言語表現によって表される内容」だ。これは『広辞苑』の〈意義〉と同じか。

意味。わけ。言語学では、特に「意味」と区別して「一つの語が文脈を離れてもさし得る内容」の意に使うこともある。

（『広辞苑』「い‐ぎ【意義】」）

私の用いる〈意味〉は「一つの語が文脈を離れてもさし得る内容」に限らない。

整理しよう。

私の用いる〈意味〉は〈「文脈」によって規定される「内容」〉を含む。だが、「表現のねらい」や「価値や重要さ」などを含まない。

文脈について確かめよう。

> ある単語や句や文に対して、その前後の単語や句や文が及ぼす意味的規定力。「チョウをこわして入院した」と「チョウが飛んで行く」とを聞いたとき、腸と蝶とがまちがいなく理解されるのは文脈の力による。具体的レファレントをもたない単語ほど、その意味を決る《ママ》ために文脈に依存する度合いが大きい。
>
> （『ブリタニカ国際大百科事典』「文脈［ブンミャク］」）

「レファレント」について調べよう。

単語によって示される外界の事物。たとえば「犬」という単語のレファレントは、実際にいる一匹の犬である。河童（かっぱ）のような架空の物であっても「河童」という単語のレファレントとして存在するといえる。

（『ブリタニカ国際大百科事典』「レファレント」）

「実際」か「架空」かという区別は無用。なぜなら、〈河童は実際にいる〉と信じる人がいるからだ。小説の場合、あらゆる事柄は「架空」だろう。

原典について

特殊な文脈として、原典がある。

和歌・連歌などで、意識的に先人の作の用語・語句などを取り入れて作ること。例えば、万葉集巻3の「苦しくも降りくる雨か三輪が崎佐野の渡に家もあらなくに」を本歌に取って、藤原定家が「駒とめて袖打ち払ふ蔭もなし佐野の渡の雪の夕暮」と詠んだ類。

（『広辞苑』「ほんか-どり【本歌取】」）

「駒とめて」の歌は「苦しくも」の歌を踏まえている。「苦しくも」が原典だ。原典を知らなくても、「駒とめて」の歌の一応の意味はわかる。

だが、原典を知らないと意味不明の場合がある。たとえば、〈猫にこんばんは〉という冗談があるが、これは「猫に小判」が原典だ。原典を知ればナンセンスだとわかる。原典を知らないと、意味ありげなだけだ。

日本近世演劇の場合、本歌に相当するのが〈世界〉だ。

歌舞伎・浄瑠璃で、戯曲の背景となる特定の時代・人物による類型。「義経記の―」

（『広辞苑』「せ-かい【世界】」）

「世界」は、〈ジャンル〉や〈様式〉などとは違う。特定の物語を指す。原典があって、それを元に新しく作られた作品を〈異本〉と呼ぶ。翻案、模作、偽作、剽窃、続編、スピンオフなどを含む。

世界は、一つとは限らない。

歌舞伎脚本作法の一つ。二つ以上の在来の筋（世界）をまぜ合わせて、一編の脚本に仕立てること。また、その脚本。例えば、「隅田川花御所染（すみだがわはなのごしょぞめ）」は「清玄桜姫物」と「加賀見山」とから仕立てたもの。

（『日本国語大辞典』「ない-まぜ　なひ・・【綯交】」）

『こころ』にも多数の原典がある。ただし、作者は綯い交ぜに失敗している。その結果、本文は意味不明になったのだ。

四　「気取るとか虚栄とかいう意味」

「虚栄心が祟《たた》った」

次の文に含まれた「意味」の意味は不明だ。

気取り過ぎたと云っても、虚栄心が祟《たた》ったと云っても同じでしょうが、私のいう気取るとか虚栄とかいう意味は、普通のとは少し違います。

（夏目漱石『こころ』「下　先生と遺書」三十一）

これは、私が大嫌いな『こころ』の中で一番嫌いな文だ。

「虚栄心が祟《たた》った」は意味不明。

ある行為が原因になって悪い結果が生じる。「無理が──・って体をこわす」

（『明鏡国語辞典』「たた・る【祟る】」）

「虚栄心」は、言うまでもなく、「行為」ではない。

「親譲りの無鉄砲が祟《たた》ったのである」（『坊っちゃん』一）と、「五分刈り」は語る。しかし、彼は、普通の意味で「無鉄砲」ではない。どちらかというと、考えこむたちだ。「無鉄砲」は、小説の主人公である「五分刈り」の性格ではない。「無鉄砲」は、語られる「五分刈り」の自叙伝の中の主人公の性格だ。彼は本性を隠し、日常生活で「無鉄砲」キャラを演じていた。「無鉄砲」という言葉は、彼の自叙伝においてのみ意味がある。勿論、彼の自叙伝は読めない。「無鉄砲」の真意を推量するには、『坊っちゃん』の読者は「五分刈り」の自叙伝を想像してみなければならない。

Sのいう「虚栄心」も、彼の「自叙伝」においてのみ、意味があるのだろう。「同じでしょう」か？　「気取り過ぎた」はわかるが、「虚栄心が祟《たた》った」は意味不明だから、「同じ」かどうか、私には判断できない。

「虚栄」と並べるのなら、「気取る」は〈気取り〉としてほしかった。

「少し」か、〈多く〉か、どうやって知れるのだろう。

「気取る」や「虚栄」に似た意味の言葉として、「我を張る」（中三）や「虚勢」（上二十二）などが見つかる。なぜ、作者は、ここでこうした言葉を用いないのだろう。不明。

「通じさえすれば」

続きを読もう。

気取り過ぎたと云っても、虚栄心が祟《たた》ったと云っても同じでしょうが、私のいう気取るとか虚栄とかいう意味は、普通のとは少し違います。それがあなたに通じさえすれば、私は満足なのです。

（夏目漱石『こころ』「下　先生と遺書」三十一）

「あなた」はＰだが、ＰがＳの前にいるわけではない。このＰは、語り手Ｓが空想する聞き手Pだ。このPは「遺書」を読みつつある。だから〈読者〉とすべきだが、『こころ』の読者と混同されると困るので、〈聞き手〉と書く。

「通じさえすれば」と仮定するのだから、通じない可能性があるわけだ。〈通じない可能性がある〉と思っていながら、なぜ、語り手Sは「普通のと」同じ意味の言葉を探さないのだろう。

「満足」には〈大満足ではない〉という含意がありそうだ。Pに「意味」以上の何が「通じ」たらSは大満足なのだろう。〈大満足の物語〉が想像できないと、この文の真意は推測できまい。

五　隠蔽体質

個人語と共通語

Nは、〈情報不足によって真意が通じる〉という逆説を信じていたのではないか。

こうして遠くへ来てまで、清の身の上を案じていてやりさえすれば、おれの真心《まこと》は清に通じるに違《ちがい》ない。通じさえすれば手紙なんぞやる必要はない。

（夏目漱石『坊っちゃん』十）

「こうして」の「こう」が指すものは不明。「遠くへ来てまで」には、〈わざと「遠くへ来て」〉という含意がありそうだ。つまり、〈「おれ」はわざと清から離れて彼女を淋しがらせようとした〉と暗示しているみたいだ。よくわからない。作中人物の無意識を作者が暗示しているようでいて、語り手が暴露してしまっているみたいな、奇妙な感じだ。

明治期には、教養のある東京の人の言葉の意味に使われたが、昭和になると、標準語はまだ日本には存在せず、将来つくるべき理想の言語であるという見方が広まった。その後、「標準語」を理想言語と考え、現実に共通の伝達手段となっているものを「共通語」と呼んで区別する立場、あるいは実質内容に差は認めないが、規範的ニュアンスを避けるため「共通語」を「標準語」の代りの用語として使う立場などが現れた。

（『ブリタニカ国際大百科事典』「標準語［ヒョウジュンゴ］」）

明治に「共通語」のようなものはなかった。だから、『坊っちゃん』の主人公は清のような教養のない女性とうまく会話することができなかった。また、東京から「遠く」離れた土地の人々とうまく会話することもできなかった。

同一言語の話者であっても、その話し方や用語には個人差があるという観点から見た、究極的な個人個人の言語をいう。

（『日本国語大辞典』「こじん‐ご【個人語】」）

共通語は「個人個人の言語」を媒介するものだろう。

和語と漢語と洋語

「気取る」が和語で「虚栄」が漢語であることも気になる。「気」は漢語だろうが、日本語になりきっている。〈気は心〉などという。

① それと感じてさとる。かんづく。けどる。洒落本、二蒲団「床をいそぐやうすゆへ女中—・るこころなり」
② 心を配る。用意する。趣向をこらす。歌舞伎、東海道四谷怪談「肴も少し—・っておいてくんな」
③ それらしい様子をまねてふるまう。「英雄を—・る」
④ 体裁を飾る。もったいぶる。「—・ってものを言う」「—・らない人」
(『広辞苑』「き-ど・る【気取る】」)

Sのいう「気取る」は③か、④か。

① 実質の伴わない、外見だけの栄誉。
② うわべだけを飾って、自分を実際より良く見せようとすること。みえ。「―を張る」「―の巷」

（『広辞苑』「きょ-えい【虚栄】」）

Sのいう「虚栄」は②だろう。そうだとすると、「気取る」の意味は④か。
私は日本語しかできないくせに、漢語を使って和語の意味を探っている。漢語と言っても、中国語とは限らない。多くの場合、日本で流通する漢語は和製漢語だろう。

たとえば権力者がその所有している物によって人々に尊敬や畏怖を起させても、それは虚栄にすぎない。政治的、社会的表現も芸術的表現も、さらには法律なども根柢においてむなしいものであり、そのことから虚栄なるものにとりすがって生きる人生の悲惨さが問題にされる。

（『ブリタニカ国際大百科事典』「虚栄［キョエイ］（vanity）」）

日本語を説明するのに漢語を使い、その漢語を説明するのに「vanity」という洋語の意味を使ってしまう。そういう面倒が普通になったのは、明治以降だろう。「虚栄」から『虚栄の市』を連想すべきだろう。

① バニヤンの寓意小説「天路歴程」に描かれる市場の名。
② サッカレーの小説。1847～48年刊。ヴィクトリア朝の各階級の生活の諸相を、ベッキー＝シャープという悪女を軸にして諷刺的に描く。
③ ニューヨークで1859～63年に刊行され、世相の諷刺を得意とした人気週刊誌。また、同名の月刊誌（1868～1936年刊行）も著名。

（『広辞苑』「きょえいのいち【虚栄の市】「Vanity Fair」）

語り手Sは、①か②を暗示しているはずだ。

Sの性癖を「気取る」という和語で始末することはできない。だからといって、『こころ』の作者が「虚栄なるものにとりすがって生きる人生の悲惨さ」を描くことに成功しているわけでもない。『こころ』は、どっちつかずの中途半端なものなのだ。

自分語

あるエッセイストが、〈自分語を持ちなさい〉みたいなことを、語っていた。〈自分語〉とは、〈自分勝手にいろんな意味で使える語句〉のことらしい。自分語をいくつか用意しておいて適当に使い回しをすると、どんな話題を振られてももっともらしい話ができるのだそうだ。間違いを指摘されても、楽に言い訳ができる。黒を白と言いくるめることができる。

あきれた。

自分語と個人語は違う。自分語は語句あるいは文で、個人語は言語だ。

心理学者という肩書きの人物が、高校生に向かって、〈ヤバい〉の使用を推奨していた。〈ヤバい〉には両義があるから、人といて適当な話題が見つからないとき、とりあえず、〈あいつのファッション、ヤバくない?〉などと言ってみよう。相手が〈似合ってないよね〉などと受けてくれたら、〈だよね〉と話を合わせる。

しかし、相手も同じ魂胆だったらどうしよう。ヤバくね？　超ヤバ。ヤバ卍。チョベリヤバ。ヤバゲバ。野蛮婆。

かつて、ある芸能人が〈エグい〉という言葉をはやらせようとした。後輩たちが〈これってエグいんですよね〉などと上目遣いで尋ねると、〈うん、エグいね〉とか〈いや、それはエグくないな〉などと判定を下す。話についていけない人が、〈そのエグいって、方言か何かですか〉と恐る恐る聞いた。すると、〈エグい〉が自分語のようなものであることを白状した。悪びれる様子はまったくない。むしろ誇らしげだった。

〈狡い〉を〈賢い〉の意味で用いる人がいる。〈狡い女〉は魅力的らしい。〈狡い～狡賢い～賢い〉というずらしだろうが、本当はマイナスの価値を残しているようだ。狡い。

〈憎い〉にも、プラスとマイナスの両方の価値がある。

Sのいう「気取る」や「虚栄」は、Sの自分語だろう。

埋葬語

「気取る」や「虚栄」は、自分語よりも怪しいのかもしれない。

「感じは言葉で説明できないんです」彼女は〈Yr《イア》〉語の隠喩《メタフォ》のことを考えながらそう言った。自分の心で考える時、また〈Yr《イア》〉の住人に望みを打明ける時はいつも〈Yr《イア》〉語の隠喩《メタフォ》でするのだった。最近はことにいろいろなできごとや考えがおこったが、それはこの地上世界の住人とはまるで関係のないことだったので、自然〈Yr《イア》〉の平原や穴や頂上は、〈Yr《イア》〉特有の苦悩と壮大さをとらえることのできる一つの言語の語彙《い》がだんだんふえていくのをこだまさせていた。

「何か言葉があるはずよ、なんとかその言葉を探してくださいな、そうすればお互いに理解しあえるわ」

「隠喩《メタフォ》だから、とてもわからないと思うけど……」

「解説してもらえないかしら？」

「一つの言葉があるの、その意味は『鍵のかかった眼』だけど、本当はもっと別の意味があるの」

「どんな?」

「石棺をあらわしてるの」それは彼女にとって、自分の視界は石棺の蓋のところまでしか届かないことがある、という意味だった。棺の中の死体と同様、彼女にとってもその住む世界は自分自身の棺の内部のサイズだった。

「その〝鍵のかかった眼〟で、私が見えますか?」

「一枚の絵のようにみえるわ。本物を描いた絵のようよ」

しかしこの問答はとても彼女をこわがらせた。彼女の住む世界の壁は、まるで大きな心臓が鼓動するように、震動しはじめた。〈アンテラビー〉は〈Yr《イア》〉語で呪文を誦えはじめたが、デボラにはその意味がわからなかった。

「ひとのこと、そんなふうに詮《せん》索して、さぞうれしいでしょうね」とデボラは、だんだんうすれていく博士に言った。

(ハナ・グリーン『分裂病の少女 デボラの世界』)

文芸的隠喩とデボラ的「隠喩《メタフォ》」は違う。

比喩の一つで、「氷の刃」「彼女は天使だ」のように、「~ような」にあたる語を用いないたとえ。これに対して、「氷のような刃」「彼女は天使みたいだ」などの表現を直喩 simile という。隠喩の目的は、上の例ならば、刃や女性の性質、状態を直喩よりも一層印象深く聞き手や読者に伝えることであり、そのためには、使い古されていない新鮮なたとえが必要とされる。

(『ブリタニカ国際大百科事典』「隠喩〔インユ〕」)

「新鮮なたとえ」が新鮮過ぎたら、通じない。
デボラのいう「石棺」に注目しよう。

それらの意味の一つは闇の中にとどまっているが、その一方では、それと等価になった他の意味、ないし他の複数の意味は、単なる音声構造によって、すなわち類義語によって言い表されていることだろう。この件について、話し易くするために、それらが密かな見知らぬ意味を仄めかしていることから、われわれの間ではそれを埋葬語（crptonyme）（隠す語）と呼んでいた。われわれは、単純な換喩による移動に対するそれら埋葬語の差異を際立たせようとしたのである。

（ニコラ・アブラハム＋マリア・トローク『狼男の言語標本
埋葬語法の精神分析／付・デリダ序文《Fors》』）

「〈Yr《イア》〉語」のようなものを〈埋葬語〉と呼ぶ。

「みんなは云えないのよ」

言葉に関するNの主張は、私には理解できない。

この故に言語の能力（狭くいへば文章の力）はこの無限の意識連鎖のうちを此所彼所《ここかしこ》と意識的に、或は無意識的にたどり歩きて吾人思想の伝導器となるにあり。即ち吾人の心の曲線の絶えざる流波をこれに相当する記号にて書き改むるにあらずして、この長き波の一部を断片的に縫ひ拾ふものといふが適当なるべし。

（夏目漱石『文学論』「第三編　文学的内容の特質」）

「言語の能力」も「文章の力」も「この無限」も「連鎖のうち」も意味不明。「此所彼所《ここかしこ》」は想像できない。〈「意識連鎖のうちを」〜「意識的に」〉で躓き、「無意識的に」でずっこけたよ。〈「能力」が「たどり歩きて」〉も、〈「能力」が「伝導器となる」〉も、日本語になっていない。「伝導器」は意味不明。〈「心」＝「意識」〉かな。「連鎖」がね、ほら、「流波」になっちゃった。私の辞書に「流波」はない。「相当する」は意味不明だから、「書き改むる」は不可解で、「あらず」とやったら無意味。「長き」か〈短き〉か、どうしてわかるのか。

「縫ひ拾ふ」は意味不明。「波」はビーズで、「能力」は針か。
〈意識が表現に変わる〉としたら、その意識はどうやって他人に通じるのだろう。

言語は、われわれにとって、思想伝達の体系以上のものだ。言語は、われわれの精神がまとっている目に見えない衣装であって、精神のすべての象徴的表現に予定された形式を与える。その表現がなみなみならぬ意義を有する場合、それは文学と呼ばれる。

（エドワード・サピア『言語　ことばの研究序説』「第十一章　言語と文学」）

「なみなみならぬ意義」について詳述することは困難だろう。

表現と喚起との両者を表わす便利な動詞がないので、以後しばしば「喚起する」という言葉で喚情的機能の両面を表わすことにする。それで誤解のおそれはないと思う。そのうえ多くの場合、人は表現したい感情をすでに持っているためではなく、もっぱら持ちたいと思う感情を喚起するために喚情的言語を使用する。かつまた、もちろん話者としては、かれが喚起しようとする感情をみずから経験する必要もないのである。

（C・K・オグデン＋I・A・リチャーズ『意味の意味』「第七章　美の意味」）

Nは二つの考えを混同しているのだろう。一つは、〈意識の一部分しか表現できない〉という本質的な考え。もう一つは、〈文章を推敲する〉という功利的な考え。

「みんなは云えないのよ。みんな云うと叱られるから。叱られないところだけよ」

（夏目漱石『こころ』「上　先生と私」十九）

発言者は静で、Pが聞かされている。

どんな事柄であれ、「みんな」を言葉にすることはできない。だが、静はそういう本質的な話をしているのではない。この「みんな」は、〈「云え」そうなことの「みんな」〉だ。

「叱られる」のは、Sからだ。彼女は、どことどこが「叱られないところ」か、Sに教わったのだろうか。そんなはずはない。だから、「叱られないところ」の真意は、〈「叱られ」そうに「ないところ」〉だろう。彼女は、空想と現実を混同している。狡くて危ない人だ。

この「ところ」は、Nのいう「一部」と同質だろう。つまり、意識できている「みんな」を「書き改むる」のは可能なのに、静も、Nも、わざとそうしないのだろう。

Nは、自分の隠蔽体質を正当化するために心理学を悪用していたようだ。

第二章　「恋は罪悪なんだから」

一　「先生のいう罪悪という意味は朦朧《もうろう》として」

「少し不愉快になった」

結論の出ない問答。

「恋は罪悪ですか」と私がその時突然聞いた。
「罪悪です。たしかに」と答えた時の先生の語気は前と同じように強かった。
「何故ですか」

（夏目漱石『こころ』「上　先生と私」十三）

「突然」ではない。話を戻したのだ。しかし、戻した理由は語られない。Sは、「突然」の質問に即答している。Sは、問われるのを待っていたのだ。Pは、Sに待たれていることを感知したのだろう。だが、そうした自覚はない。「たしかに」の被修飾語は〈「罪悪」と言えるの「です」〉などの〈言える〉だろう。Sは、自分の思惑などを真理に偽装している。「前」の「語気」に関する物語はない。「語気」が強いのは、虚偽を偽装するためだろう。

「何故ですか」に対する解答はない。

いずれにしても先生のいう罪悪という意味は朦朧《もうろう》としてよく解らなかった。その上私は少し不愉快になった。

（夏目漱石『こころ』「上　先生と私」十三）

「いずれにしても」は無視。

「その上」は、どの上?
「その」は、「よく解らなかった」の次に語られるべき言葉を隠蔽しているのではないか。

かつてのP、つまり語られるPが本当に「よく解らなかった」のは、「罪悪という意味」ではなかったろう。それは〈意味不明の言葉を用いたSの意図〉などだろう。Sの意図を忖度できなかったときの心情を、語り手Pは隠蔽しているらしい。あるいは、語り手Pは当時の自分の心情を思い出せないでいるのだろう。

では、『こころ』の作者は、〈語り手Pは虚言症だ〉とか〈語り手Pは健忘症だ〉といった文芸的暗示を試みているのだろうか。そうではなかろう。だったら、作者は自分が意味不明の文章を綴っていることに、まったく気づいていないことになる。

「罪悪」あるいは「恥《はじ》」

続きを読もう。

その上私は少し不愉快になった。

「先生、罪悪という意味をもっと判然《はっきり》云って聞かして下さい。それでなければこの問題を此所《ここ》で切り上げて下さい。私自身に罪悪という意味が判然解るまで」

「悪い事をした。私はあなたに真実《まこと》を話している気でいた。ところが実際は、あなたを焦慮《じら》していたのだ。私は悪い事をした」

（夏目漱石『こころ』「上　先生と私」十三）

「問題」は意味不明。
「私自身」はおかしい。
「真実《まこと》」は困る。話し言葉に仮名を振るなんて、変だ。作者は混乱している。

「焦慮《じら》して」も同様、話し言葉なのに、漢語に和語で振り仮名。作者は混乱している。

「焦慮《じら》していたのだ」は、言い損ないのようだ。後で、Sは「焦慮《じら》せるような結果になる」（上十三）と言う。

「罪悪という意味」が和語で言い換えられるとしよう。つまり、これに和語で仮名が振られていると想像しよう。それはどんな和語だろう。

私は「恥」（上二十五）を思いつく。つまり、〈罪悪《はじ》〉となる。

「危険もないが」

Pの「何故ですか」を無視し、Sは次のように語る。

「然し気を付けないと不可《いけ》ない。恋は罪悪なんだから。私の所では満足が得られない代りに危険もないが、――君、黒い長い髪で縛られた時の心持を知っていますか」

私は想像で知っていた。然し事実としては知らなかった。いずれにしても先生のいう罪悪という意味は朦朧《もうろう》としてよく解らなかった。その上私は少し不愉快になった。

（夏目漱石『こころ』「上　先生と私」十三）

「然し」は〈ところで〉といった感じか。

何に「気を付け」るのだろう。また、どうやって？　不明。

Pは「罪悪」のみを「問題」にする。しかし、実際の「問題」は〈「恋は罪悪」という文の「意味」は何か〉でなければおかしい。

「私は想像で知って」以下を、語られるPが口にした様子はない。なぜだろう。

「私の所」は〈S夫妻の自宅〉のこと。この場合、「恋」は宿親に対する宿子の思慕だ。「満足」は〈人恋しさを満たすこと〉みたいだ。真相は、〈宿親でしかないS夫妻にPの希望を満たしてやることはできない〉といったものだろう。親の溺愛は子にとって「危険」でないらしい。一方、男女間の「恋」は「危険」ということだ。この「危険」は〈「罪悪」に関わる「危険」〉の不当な略か。

「――」の内容を満たすことは、私にはできない。

「黒い長い髪」の持ち主は女だろう。だから、罪を犯すのは女だろう。


女の色香にはどんな男も迷いやすいことのたとえ。

（『広辞苑』「女の髪の毛には大象も繋（つな）がる」）


「たとえ」と「想像」は違う。

〈色香に迷うこと〉が「罪悪」なのかもしれない。女に男を迷わすつもりがあろうと、なかろうと？

Ｐの「想像」の内容は不明。「想像で知って」は意味不明。

〈「事実として」知る〉も意味不明。

「想像」と「事実」の対比は無意味。〈想像×現実〉だろう。また、〈事実×虚偽・虚構〉だろう。

「いずれにしても」は、「想像で知って」いるだけでなく、「事実として」も「知って」いるときにしか使えない。ただし、〈いずれにしても〉を粛々と悪用する人はいる。

マゾヒスト

Pは、「恋は罪悪」という意味がわからないのだろうか。だったら、変だ。

凡《およ》そ吾々東洋人の心底に蟠《わだか》まる根本思想を剔抉《てっけつ》してこれを曝露《ばくろ》するとせよ。教育なき者はいざ知らず、前代の訓育の潮流に接せざる現下の少年はいざ知らず、尋常の世の人心には恋に遠慮なく耽《ふけ》ることの快なるを感ずると共に、この快感は一種の罪なりとの観念附随し来ることは免れ難き現象なるべし。吾人は恋愛を重大視すると同時にこれを常に踏みつけんとす、踏みつけ得ざれば己れの受けたる教育に対し面目なしといふ感あり。意馬心猿《いばしんえん》の欲するままに従へば、必ず罪悪の感随伴《ずいはん》し来るべし。これ誠に東西両洋思想の一大相違といふて可なり。西洋人は恋を神聖と見立て、これに耽るを得意とする傾向を有すること前諸例によりて明かなるべく、また如此《かくのごと》く重きを置かれたるこの情緒を囲纏《いてん》せる文学の多きも勢《いきおい》免るべからざるなり。

（夏目漱石『文学論』「第一編　文学的内容の分類」）

Ｐは、「前代の訓育の潮流に接せざる現下の少年」で、「尋常の世の人心」を持たなかったのだろうか。そうだとしても、「恋は罪悪」の普通の意味ぐらいは知っているはずだ。

「一種の罪」は意味不明。Ｎは、こういう「一種の」の使い方をよくする。鯨は一種の魚だが、魚の一種ではない。

「恋に遠慮なく耽《ふけ》ることの快なるを感ずる」と「黒い長い髪で縛られた時の心持」が対応するとしたら、ＳもＰもマゾヒストだろう。その場合、〈性欲は罪か〉という問題は不必要になる。〈異常性欲は罪か〉ということが問題になるからだ。

「恋を神聖と見立て」の「見立て」は意味不明。

「又悪い事を云った。焦慮《じら》せるのが悪いと思って、説明しようとすると、その説明が又あなたを焦慮せるような結果になる。どうも仕方がない。この問題はこれで止《や》めましょう。とにかく恋は罪悪ですよ、よござんすか。そうして神聖なものですよ」
私には先生の話が益《ますます》解らなくなった。然し先生はそれぎり恋を口にしなかった。

（夏目漱石『こころ』「上　先生と私」十三）

Sは「説明し」ていない。だから、「その説明」の「そ」の指すものはない。
「この問題は」は〈「この問題」について論じるの「は」〉などの不当な略。
「然し」の後は、〈私は「それぎり恋を口にしなかった」〉などが適当。

象徴

「黒い長い髪で縛られた時の心持」は「罪悪」の象徴だろうか。
本来かかわりのない二つのもの（具体的なものと抽象的なもの）を何らか

の類似性をもとに関連づける作用。例えば、白色が純潔を、黒色が悲しみを表すなど。

（『広辞苑』「しょう‐ちょう【象徴】」）

「黒い長い髪で縛られた時」の様子は誰にでも観察できる。だから、これを「白色」や「黒色」と比べてもいい。しかし、「黒い長い髪で縛られた時の心持」は、誰もが同じではないはずだ。「白色」や「黒色」と比べても意味がない。だから、「黒い長い髪で縛られた時の心持」は「罪悪」の象徴として使えないはずだ。

しかし、Nの考えでは、象徴なのかもしれない。

要するに象徴として使うものは非我の世界中のものかも知れませんが、その暗示するところは自己の気分であります。要するにおれの気分であって、非常に厳密に言うと他人の気分ではない、外物の気分では無論ない。

（夏目漱石『創作家の態度』）

普通、象徴は「自己の気分」の表現ではなかろう。

象徴の用は、之が助を藉《か》りて詩人の観想に類似したる一の心状を読者に与ふるに在りて、必らずしも同一の概念を伝へむと勉《つと》むるに非ず。されば靜《しずか》に象徴詩を味ふ者は、自己の感興に応じて、詩人も未だ説き及ぼさゞる言語道断の妙趣を翫賞《ぐわんしやう》し得べし。故に一篇の詩に対する解釈は人各或は見を異にすべく、要は只《ただ》類似の心状を喚起するに在りとす。

(上田敏『海潮音』序)

「自己の気分」に執着するのは、おかしい。

ある象徴により特定の事象を置き換えて表現すること。桜で日本を表現するなど二者間に事実関係が認められるもの、芸術にみられる比喩的なもの、夢に代表される無意識的表象作用によるものがあり、いずれも自我の防衛機制として用いられる。

（『精神科ポケット辞典［新訂版］』「象徴化」）

Nの小説は「夢」のようだ。〈夢のような小説〉ではない。〈小説のような夢〉の記録だ。「無意識的表象」に分類すべき文言を多く含む。したがって、〈『こころ』を文芸的に解釈する〉という仕事はできない。始めても、終われない。

精神科医の真似事みたいな、きれぎれの解釈なら、できる。

Nは、髪フェチだったのではないか。

女は長い髪《かみ》を枕に敷《し》いて、輪郭《りんかく》の柔《やわ》らかな瓜実顔《うりざねがお》をその中に横たえている。

（夏目漱石『夢十夜』「第一夜」）

「長い髪《かみ》」が「女」の本当の顔の「輪郭《りんかく》」を隠して「柔《やわ》らかな瓜実顔《うりざねがお》」を作っている。ありふれた髪の効果だが、語り手は神秘的な現象として語っているつもりだろう。「横たえて」だと、まるで生首。その生首が口を利く。

二　「罪悪」と「神聖」

塩原事件

Sが言いたかったのは、〈「恋は罪悪」かつ「神聖」〉ではなかったのかもしれない。ある「事実」を指して、「罪悪」と評する人もいれば、「神聖」と評する人もいる。その程度のことだろう。つまり、〈「恋は罪悪」あるいは「神聖」〉ということだ。つまらない。

このつまらない話の原典なら、すぐに見つかる。

１９０８年森田草平との心中未遂事件（煤煙事件）を起こす。

（『百科事典マイペディア』「ひらつからいちょう【平塚らいてう】」）

森田草平はNの弟子。

「煤煙」は、この事件を素材にした森田の処女作『煤煙』に由来する。
「煤煙事件」は〈塩原事件〉ともいう。
『平塚らいてう自伝　元始、女性は太陽であった』では、「心中未遂」について否定されている。

この事件をニュースとして知らせた新聞は、「決死の原因」というところで、こんなふうにかいている。

「むかしから情死はそんなにめずらしいものでないが、この事件のように最高の教育をうけた紳士淑女が、おろかな男女のまねをしたのは、今までになかったことだ。自然主義、性欲満足主義の最高を代表する、めずらしいニュースといっていい。しかもふたりが尾花峠の山上で、逮捕に来た警官にたいし『私たちの行動は恋《ラブ》の神聖を発揮するもので、だれにも恥ずかしいとは思わない』といばったのはけしからんではないか」

（松田道雄『恋愛なんかやめておけ』）

「恋《ラブ》」という表記はおかしい。実際には〈love〉と言ったのだろう。
「ラブ」を「恋」と訳すのも、どうか。〈恋愛〉が適当だろう。
『こころ』の〈「神聖」の物語〉の原典は、この「ニュース」だろう。
Nは、森田のことを、平塚の「黒い長い髪で縛られた」男とでも思っていたか。

夏目先生の小説は、ほんとうの意味の小説ではない、ホトトギス派の写生と理屈で書いた学者の小説で、ああいう低徊趣味の文学は、自分の趣味ではないなどといい、夏目先生という人は、女のひとをまったく知らず、それも奥さん一人しか女を知らないで小説を書くのだから、作中の女はみんな頭で作られ、生きている女になっていない。いつも弟子たちの、とくに女性についての話を注意深く聞いていて、そのまま翌々日あたりの新聞小説に書いたりする。女の使う言葉もまったく知らないから、わたくしが教えているのだ、などともいい、夏目先生の家庭のこと、奥さんの人柄などについても、森田先生はよく噂話をしていました。

（平塚らいてう『平塚らいてう自伝　元始、女性は太陽であった』「塩原事件」）

「神聖」について、Nは「想像で知っていた」のだろう。

『ロミオとジュリエット』と『出家とその弟子』

『こころ』の読者はシェイクスピアを忘れていなければならないのか。

ロミオ　だが、くちびるは聖者にもあり、巡礼にもありましょう。
ジュリエット　でもね、巡礼様、これはお祈りに使おうためのくちびるですわ。
ロミオ　おお、ではわたしの聖女様、手にお許しになることなら、くちびるにもお許し下さいませんか？　願わくは許したまえ、信仰の、絶望に変わらざらんがために、――わたしのくちびるの祈りです、これが。
ジュリエット　いいえ、聖者の心は動きませんわ、たとえ祈りにほだされても。
ロミオ　では、動かないで下さい、祈りの効《しる》しだけをいただく間。（接吻する）さあ、これでわたしのくちびるの罪はきよめられました、あなたのくちびるのおかげで。
ジュリエット　では、その拭われた罪とやらは、わたしのくちびるが背負うわけね。
ロミオ　わたしのくちびるからの罪？　ああ、なんというやさしいおとがめだ、それは！　もう一度その罪をお返しください。（ふたたび接吻する）
（ウィリアム・シェイクスピア『ロミオとジュリエット』）

「祈り」は「神聖」だろう。

〈「恋」と「本当の愛」（下十四）は違う〉ということにしてはどうか。つまり、「神聖」と呼べるのは「本当の愛」で、「恋は罪悪」だと。

恋の中には呪いが含まれているのだ。それは恋人の運命を幸福にすることを目的としない、否むしろ、時として恋人を犠牲にする私の感情が含まれているものだ。その感情は憎みと背を合わせている際《きわ》どいものだ。恋人同志は互いに呪いの息をかけ合いながら、互いに祝していると思っていることがあるのだ。恋人を殺すものもあるのだ。無理に死を強うるものさえある。それを皆愛の名によってするのだ。愛は相手の運命を興味とする。恋は相手の運命をしあわせにするとは限らない。

（倉田百三『出家とその弟子』）

「呪い」は「罪悪」かもしれない。

Sは、自分とKのどちらが「恋人の運命を幸福にすること」になるか、考えたことがあるか。ない。微塵も考えていない。

プラトニック・ラブ

『こころ』は恋愛小説だろうか。

恋愛の概念は、イギリスやアメリカから導入されたといってよいであろう。そして、「恋愛」を普及させたのが、明治十八年創刊の『女学雑誌』であった。その主要な執筆者が透谷や藤村たちであり、キリスト教の信仰にもとづく自由主義的理想教育、女性の知識向上をめざしていた。

（飛田良文『明治生まれの日本語』）

「恋愛」という語は「明治三十五年頃から辞典に登録されはじめ、loveの訳語として定着していったことが明らか」（『明治生まれの日本語』）という。『こころ』は恋愛小説ではない。あるいは、非「自由主義的」恋愛小説だ。「恋」は和語で、「愛」は漢語だ。

それまでの日本には「恋」という言葉しかなく、それは性交をともなうものであったが、「恋愛」はプラトニック・ラブを意味した。夫婦一心同体であるような緊密な一夫一婦制もまた、新しいトレンドとして広まっていった。

江戸時代までの日本では性は豊穣であり、豊かさであり、祭であり、聖なるものであったが、これ以降、性は邪悪なものとして位置づけられる。同時に、遊女や芸者や妾などの玄人《くろうと》の女性たちは蔑視されるようになった。江戸時代までは普通の女性も恋に積極的であったが、明治以降、女性は性にはまるで興味がないかのようにふるまうことが要求された。

（田中優子『張形と江戸女』）

「それまで」は〈「明治維新」（『張形と江戸女』）「まで」〉だ。前近代において「聖なるもの」が近代において「邪悪」と評価されるようになった。

一般には肉体的感覚的欲望に優越する精神的愛をいい、文字通りプラトンの愛（エロス）に由来する。なおプラトンのエロスは、性愛的段階での対象との合一を超克して、超越的価値との出会いを目的とする。

（『ブリタニカ国際大百科事典』「プラトニック・ラブ」）

『こころ』の作者が「プラトンのエロス」を暗示しているとは考えられない。

ただ恋は神聖なりなど、説く論者には頗《すこぶ》る妥当を欠くの感あるべし。所謂Plato式恋愛なるもの、もし世に存在すると仮定せば、これには劣情の混入しあらざること勿論なれども、同時にまた劇烈の情緒として存在し能はざることも明かなり。

（夏目漱石『文学論』「第一編　文学的内容の分類」）

「劇烈の情緒」の不足を補うために、SはKを巻き込む。嫉妬をするためだ。

「嫉妬心」

〈嫉妬〉には二つの意味がある。

① 自分よりすぐれた者をねたみそねむこと。「弟の才能に―する」「出世した友人を―する」
② 自分の愛する者の愛情が他に向くのをうらみ憎むこと。また、その感情。りんき。やきもち。島崎藤村、藁草履「―は一種の苦痛です」。「妻の―」
(『広辞苑』「しっーと【嫉妬】」)

Nの用いる「嫉妬」は①だ。

私は今でも決してその時の私の嫉妬心を打ち消す気はありません。私はたびたび繰り返した通り、愛の裏面にこの感情の働きを明らかに意識していたのですから。しかも傍《はた》のものから見ると、殆んど取るに足りない瑣事《さじ》に、この感情がきっと首を持ち上げたがるのでしたから。これは余事ですが、こういう嫉妬は愛の半面じゃないでしょうか。私は結婚してから、この感情がだんだん薄らいで行くのを自覚しました。その代り愛情の方も決して元のように猛烈ではないのです。

（夏目漱石『こころ』「下　先生と遺書」三十四）

「打ち消す気」というのは、「嫉妬心」が恥だからだろう。

「たびたび繰り返した」ことはない。似たようなことをいろんなふうに語ってはいる。

「愛の裏面」は意味不明。

「この感情の働きを明らかに意識して」は意味不明。

「傍《はた》のもの」こそ、Sの「この感情の働きを明らかに意識していた」のかもしれない。

〈「感情」の「首」〉って何？　「首を持ち上げ」は意味不明。〈鎌首をもたげる〉の誤用か。「持ち上げたがる」は意味不明。

「余事」ではないのだ。「運命」（下四十九）だ。Sは、自分の欲望や理想を優先させることができない。他人の思惑や言動などを気にしすぎる。

「こういう嫉妬」は、〈Kに対するSの同性愛的「嫉妬」〉と誤読されることがある。しかしこれは、〈女たちに愛される男が妬ましい〉という「感情」のことだ。

つまり、嫉妬①だ。

「愛の半面」は意味不明。「愛の裏面」ではなかったのか。あるいは、「半面」は〈反面〉の誤記か。あるいは、「余事」だと「半面」になるのか。

「嫉妬」をする資格は「結婚して」から得るものだ。

話題が何であれ、「だんだん薄らいで行くのを自覚し」というのは嘘っぽい。

Sの「愛情」が「猛烈」だったときの有様は、どこにも語られていない。

作者は「愛」に関する自分の無知を隠蔽するために、あてずっぽうで言葉を並べている。

三　「信仰に近い愛」

被愛願望

〈「恋」は「神聖」〉とは、次のようなことか。

私はその人に対して、殆んど信仰に近い愛を有っていたのです。私が宗教だけに用いるこの言葉を、若い女に応用するのを見て、貴方は変に思うかも知れませんが、私は今でも固く信じているのです。本当の愛は宗教心とそう違ったものでないという事を固く信じているのです。私は御嬢さんの顔を見るたびに、自分が美くしくなるような心持がしました。御嬢さんの事を考えると、気高い気分がすぐ自分に乗り移って来るように思いました。

（夏目漱石『こころ』「下　先生と遺書」十四）

「その人」は静。

「殆んど」の被修飾語が決まらない。〈「殆んど」〜「近い」〉だと、近くない。〈「殆んど」〜「有っていた」〉だと、「有って」いなかった。

「愛」は「恋」と一緒か。

〈「信仰」そのものである「愛」の物語〉は、〈神は私を愛する〉というものだろう。〈「信仰」に似た「愛」の物語〉は〈静はSを愛する〉というものだろう。

〈自分は愛されている〉という気分を〈被愛感情〉と呼ぶ。〈被愛感情を得たい〉

という強い思いを〈被愛願望〉と呼ぶ。被愛願望が嵩じ、〈自分は好かれている〉と思い込んだ状態を〈被愛妄想〉と呼ぶ。〈互いに愛しあっている〉という妄想は〈恋愛妄想〉だ。

「宗教だけに用いる」は間違い。〈科学信仰〉などと用いる。

「貴方は変に思うかも知れませんが」は困る。〈Pには通じないかもしれないが、読者には通じるかもしれない〉という暗示だろうか。あるいは、〈誰にも通じないかもしれない〉ということか。

「本当の愛」は〈普通の「愛」〉に関する無知の露呈。

「宗教心とそう違ったものでない」という説明は無理。淫祠邪教だって「宗教」だ。

「美しくなる」の真意は〈赤ちゃん返りする〉などか。

「気高い気分」は変。「気」が二つある。「気高い」は和語で、「気分」は漢語のつもりか。

「気分」は「乗り移って」こない。「神仏・霊魂などがとりつく」(『広辞苑』「のりうつる」)というのが普通。

〈「考えると」〜「乗り移って来る」〉か、〈「考えると」〜「思いました」〉か。「来るように」だから、「来る」ことはなかったわけだ。〈「すぐ」〜「乗り移って来る」〉か、〈「すぐ」〜「思いました」〉か。どちらにせよ、意味不明。

【わが妻はいたく恋（こ）ひらし飲む水に影（かご）さへ見えて世（よ）に忘られず】〈万・20・4322・防人歌・若倭部身麻呂（わかやまとべのむまろ）〉

私の妻は、ひどく私を恋い慕っているに違いない。飲む水に面影が映って見えて、忘れようとしてもどうにも忘れられない。

（『旺文社古語辞典』「わがつまは…」）

この歌の前提である「信仰」の実態を推測することは容易だろう。

一方、Sの「信仰」の実態は推測困難だ。Sは霊魂などの存在を信じているのだろうか。「迷信の塊」（下七）という言葉が出てくるから、信じてはいる。だが、信じきってはいない。Sは、半ば近代人で、半ば前近代人なのだ。

『こころ』は、二つの主題の物語に分裂している。一つは、「神経衰弱」(下二十三)で、もう一つは「迷信」だ。作者は、近代的な物語が暗礁に乗り上げると、前近代的な物語に逃げこむ。一息ついたら、近代に戻る。この繰り返し。

物語は、三つあるのかもしれない。

Ⅰ　静はSを愛しているので、Sに乗り移る。(「信仰」の物語)

Ⅱ　Sは静を愛しているので、静に乗り移られたような気がする。(「神経衰弱」の物語)

Ⅲ　静は「技巧」によって、ⅠをSに思わせる。(「狐疑」(下十八)の物語)

近代人は、Ⅱを主にし、Ⅰを従にして、『こころ』を解釈しようとする。だが、Sが問題にしているのは、〈Ⅰか、Ⅲか〉なのだ。この不合理な二者択一は、Ⅱを無条件で排除するための工作だ。

「肉の臭《におい》」

「乗り移って」の続きを読もう。

御嬢さんの事を考えると、気高い気分がすぐ自分に乗り移って来るように思いました。もし愛という不可思議なものに両端《りょうはじ》があって、その高い端《はじ》には神聖な感じが働いて、低い端《はじ》には性慾《せいよく》が動いているとすれば、私の愛はたしかにその高い極点を捕《つら》まえたものです。私はもとより人間として肉を離れる事の出来ない身体《からだ》でした。けれども御嬢さんを見る私の眼や、御嬢さんを考える私の心は、全く肉の臭《におい》を帯びていませんでした。

（夏目漱石『こころ』「下　先生と遺書」十四）

「愛」が「不可思議なもの」なら、どのような仮定も無意味だろう。

脳髄にとって睡眠であることが、それの反対な極・生殖器にとっては、それの平常な―とはいえ、ほとんど無意識な―状態である。すなわち、勃起《ぼっき》は生殖器の覚醒であり、生殖器が或る意識の直接的な座となるのである。しかも、この意識は、脳髄の傾向とは正反対な一種の傾向をもつ。従って、次ぎのようなことがいえる。ひとつの極にのみ最も緊張した活気が現われている時には、その間じゅう、反対の極はほとんど働かないのが常態であるから、脳髄の眠っている間に遺精《いせい》したり、日中でも睡気を催おしてぼんやりしている時や、食後の昼寝の際には、とかく、勃起しがちになる。それ故、勃起している折にはとうてい高尚な精神活動はできるものではない。

（アルトゥール・ショーペンハウエル『自殺について』）


「感じが働いて」や「性欲《せいよく》が動いて」や「極点を捕《つら》まえた」や〈「愛は」〜「捕《つら》まえたもの」〉は意味不明。

「たしかに」の被修飾語が決まらない。

「肉を離れる事の出来ない身体《からだ》」は意味不明。

「けれども」の一文は意味不明。

〈「神聖」≒「宗教心」〉で、〈「肉の臭《におい》」≒「罪悪」〉か。

「どんな所がって、そう改たまって聞かれちゃ困りますが。何じゃありませんか、一体に、こう、現代的の不安が出ているようじゃありませんか」
「そうして、肉の臭《にお》いがしやしないか」
「しますな。大いに」
代助は黙ってしまった。

（夏目漱石『それから』六）

新聞連載中の『煤烟《ばいえん》』に関する代助と門野の会話だ。『それから』は『煤煙』批判として構想されたらしい。作者にとって『それから』は『煤煙』から「肉の臭《にお》い」を払拭したような作品なのだろう。

それを彼所《あすこ》まで押して行《ゆ》くには、全く情愛の力でなくっちゃできるはずのものでない。ところが、要吉《ようきち》という人物にも、朋子《ともこ》という女にも、誠の愛で、やむなく社会の外に押し流されて行《ゆ》く様子が見えない。

（夏目漱石『それから』六）


「それを」は無視。

「彼所《あすこ》まで押して行《ゆ》く」は意味不明。

「情愛」は意味不明。『それから』の作者は、同情と愛欲の区別がつかないようだ。

「要吉《ようきち》」と「朋子《ともこ》」は『煤煙』のカップル。

「誠の愛」は意味不明。

「見えない」という感想は妥当だ。『煤煙』の語り手は、「要吉《ようきち》」の恋愛妄想を現実の出来事のように描こうとして失敗している。


芳子は師の前にその恋の神聖なるを神懸けて誓った。故郷の親達は、学生の身分で、ひそかに男と嵯峨に遊んだのは、既にその精神の堕落であると云ったが、決してそんな汚《けが》れた行為はない。互いに恋を自覚したのは、寧ろ京都で別れてからで、東京に帰って来てみると、男から熱烈なる手紙が来ていた。それで始めて将来の約束をしたような次第で、決して罪を犯したようなことは無いと女は涙を流して言った。時雄は胸に至大の犠牲を感じながらも、その二人の所謂《いわゆる》神聖なる恋の為めに力を尽くすべく余儀なくされた。

（田山花袋『蒲団』三）

「汚《けが》れた行為」は道徳的「罪」だ。しかし、「行為」を伴わなくても、「精神の堕落」は「罪」だろう。「恋を自覚し」ていなければ過失だろうが、過失も「罪」になる。

先生、屹度今でも遣つて居るに相違ない。若い時、あゝいふ風で、無闇に戀愛神聖論者を氣取つて、口では綺麗なことを言つて居ても、本能が承知しないから、つい自から傷つけて快を取るといふやうなことになる。そしてそれが習慣になると、病的になつて、本能の充分の働を爲ることが出來なくなる。先生のは屹度それだ。つまり前にも言つたが、肉と靈とがしつくり調和することが出來んのだよ。

（田山花袋『少女病』三）

「罪悪」とは、「自から傷つけて快を取るといふやうなこと」かもしれない。

被愛妄想

ほとんどの人は誤読しているのだろうが、Sは静を愛していない。彼は静のことを「世の中で自分が最も信愛しているたった一人の人間」（下五十三）と評価しているが、おかしい。「信愛している」「人間」が「一人」しかいないのなら、「最も」は無意味だ。

「信愛」が〈親愛〉ではないことに注意。Sは、〈静はSを愛する〉という物語を夢見ている。この物語の主人公は静だ。Sは客体。この物語の語り手であるSは、この物語の主人公ではない。だから、語るのが困難になる。

受け身の「愛」の物語を語ることの困難さと、「愛」の困難さを、Sは混同している。

この妄想を抱く者の大半は女性で、対象となるのは人気者、有名人、政治家などである。比較的長期にわたるあこがれと希望の時期から、失望と苦痛の時期を経て、憎しみと絶望の最後の時に入るが、この時期はしばしば周囲の人々や対象に対する実際の行動が見られるので、医学的・法的に最も危険である。

（『ブリタニカ国際大百科事典』「被愛妄想［ヒアイモウソウ］」）

「憎しみ」は最初から潜んでいるのだろう。嫌われたくないから、愛されたがる。

精神分析の用語では、同じ対象に対して「愛」と「憎」などの相反する感情を同時に抱いたり、交互に抱いたりすることを「アンビバレンス(ambivalence)」という。

（『明鏡　ことわざ成句使い方辞典』「かわいさあまってにくさひゃくばい【可愛さ余って憎さ百倍】」）

Ｓの場合、被愛妄想と被害妄想は表裏一体の関係にある。〈害されたくないから愛されることによって身を守りたい〉と思っている。ただし、作者はそのように表現していない。

愛は信仰より成る。信仰は二つの神を念ずるを許さぬ。愛せらるべき、わが資格に、帰依《きえ》の頭《こうべ》を下げながら、二心《ふたごころ》の背を軽薄の街《ちまた》に向けて、何の社《やしろ》の鈴を鳴らす。

（夏目漱石『虞美人草』十二）

語り手がヒロインの藤尾の心を代弁している。

この「信仰」は〈人間は神を愛する〉というものだ。「神」は藤尾自身だから、彼女も被愛願望を抱いていることになる。彼女が虜にしたがっている男は、小野という。彼女は〈小野は藤尾を愛する〉という物語を実現しようとして失敗し、自殺する。Ｓも同様だ。Ｓの自殺の真の動機は、静から遺棄されたように感じたからだ。

『虞美人草』の作者は、藤尾の被愛願望を罪悪視する。『こころ』の作者はSの被愛願望は神聖視する。Nは愛欲について二重基準を用いていたようだ。

私は二重基準を批判しているのではない。その隠蔽を批判しているのだ。


世の中では否応《いやおう》なしに自分の好いた女を嫁に貰って嬉しがっている人もありますが、それは私達より余っ程世間ずれのした男か、さもなければ愛の心理がよく呑《の》み込めない鈍物《どんぶつ》のする事と、当時の私は考えていたのです。

（夏目漱石『こころ』「下　先生と遺書」三十四）


「私達」のメンバーは不明。

「愛の心理」の実態は語られないが、これは被愛感情のことだ。

「心理がよく呑《の》み込め」は意味不明。

「当時の私」とあるが、現在のSはどうなのか。不明。

多くの人は〈結婚は恋愛結婚に限る〉という主張のように誤読してしまうのだ

ろう。だが、「愛の心理」は、藤尾の「信仰」と同じなのだ。語り手Sは、〈静はSを愛する〉という物語を夢見つつ、〈静はKを愛する〉という物語に怯えていた。Sが静を愛していたのであれば、〈どちらの物語の静が幸せか〉と考えたろう。

四　自己防衛としての被愛願望

不満と不安と不足

Nの小説の隠された主題は〈被愛願望が満たされない不安〉だ。〈不満〉ではない。

「誰も口にせぬ者はないが、誰も見たものはない。誰も聞いた事はあるが、誰も遇《あ》った者がない。大和魂はそれ天狗《てんぐ》の類《たぐい》か」

（夏目漱石『吾輩は猫である』六）

この詩のようなものを国粋主義批判と誤読する人は多かろう。しかし、「大和魂」は「霊か相思の烟《けむり》のたなびき」（『吾輩は猫である』六）に応ずる言葉だから、〈恋心〉のことだ。

ほんとうの恋は、亡霊の出現も同じである。だれもその話はするが、それをまのあたりに見た人はいくらもない。

（ラ・ロシュフーコー『箴言集』七六）

Nの小説は悲恋で終わる。なぜか。Nに恋愛小説が書けなかったからだ。Nの小説は、〈作者にとって困難な／恋愛小説〉を〈主人公にとって困難な恋愛／小説〉に偽装したものだ。偽装に四苦八苦し、収拾がつかなくなって、作者は筆を擱く。尻切れ蜻蛉。

「Pity's《ピチーズ》 akin《アキン》 to《ツー》 love《ラッヴ》」

『三四郎』の作者は、性愛に関する無知を隠蔽している。

「その脚本の中に有名な句がある。Pity's《ピチーズ》 akin《アキン》 to《ツー》 loveという句だが……」

（夏目漱石『三四郎』四）

広田の発言。

「そ」は「サザーンという人」（『三四郎』四）だ。「脚本」の題は『オルノーコ』という。

与次郎は、この「句」を「可哀想だた惚《ほ》れたって事よ」（『三四郎』四）と訳す。

ところが、広田は「いかん、いかん、下劣の極《きょく》だ」（『三四郎』四）と酷評する。

一方、野々宮は、与次郎の訳を「なるほどうまい訳だ」（『三四郎』四）と評する。

その後、おかしなことに、三四郎は、これを「pity's《ピチーズ》 love《ラッヴ》」（『三四郎』六）と記憶する。
この「句」の和訳は「《ことわざ》かわいそうとは惚れたの始まり」（『ランダムハウス英和大辞典』「pity」）でいいはずだ。

ヴァイオラ　お気の毒に思います。
オリヴィア　それは恋への一歩ね。
ヴァイオラ　いいえ、そうとはかぎりません。世間ではよくあるでしょう、敵を気の毒に思うことだって。
（ウィリアム・シェイクスピア『十二夜』第三幕第一場）

〈三四郎は美禰子の「敵」だ〉という隠蔽された物語がある。この物語を表現すれば、〈三四郎は「敵」を恐れる〉と〈三四郎は「敵」に愛されたがる〉の二種の物語に分裂する。

「自然」は「神聖」か

何かおかしい。何がおかしいのか、よくわからない。

「おれはこう解釈する。人間の作った夫婦という関係よりも、自然が醸《かも》した恋愛の方が、実際神聖だから、それで時を経《ふ》るに従がって、狭い社会の作った窮屈な道徳を脱ぎ棄《す》てて、大きな自然の法則を嘆美する声だけが、我々の耳を刺戟《しげき》するように残るのではなかろうか。もっともその当時はみんな道徳に加勢する。二人のような関係を不義だと云って咎《とが》める。しかしそれはその事情の起った瞬間を治めるための道義に駆《か》られた云わば通り雨のようなもので、あとへ残るのはどうしても青天と白日、すなわちパオロとフランチェスカさ。どうだそうは思わんかね」

（夏目漱石『行人』「帰ってから」二十七）

「おれ」は一郎で、聞かされているのは二郎。

一郎は、『神曲』の中の「パオロと云うのはフランチェスカの夫の弟で、その二人が夫の眼を忍んで、互いに慕《した》い合った結果、とうとう夫に見つかって殺されるという悲しい物語り」（『行人』「帰ってから」二十七）について述べている。

「関係」は〈制度〉が適当。

「自然が醸《かも》した」は意味不明。

〈「自然」だから「神聖」〉は意味不明。自然は野蛮だろう。

「時を経《ふ》るに従がって」は不可解。

「狭い社会」の対義語は〈広い個人〉か。広い「社会」があるのなら、そこへ逃亡せよ。

「道徳」は「窮屈な」ものと決まっているらしい。

「恋愛」が「自然の法則」に従うのなら、「肉の臭《におい》」がしそうだ。

「大きな自然の法則を嘆美する声」や「刺戟《しげき》するように残る」は意味不明。

「道徳に加勢する」は意味不明。

「それはその事情」の「それ」の指すものがない。

「瞬間」は誇張し過ぎ。

「どうしても」は意味不明。
「青天と白日」は意味不明。

ランスロット

『神曲』の登場人物であるダンテは、フランチェスカに向かって次のように語りかけた。

それから二人のほうを向き、こう語りかけながら、
私は話した。「フランチェスカ、あなたの劫罰は
痛ましくて哀れで涙が止まらない。

けれども私に教えて欲しい。切なくため息をつくばかりだった頃、
どんな折にどのように愛が許して
不確かな互いの想いを知ったのか」。

（ダンテ・アリギエリ『神曲　地獄篇』）

フランチェスカは答えた。

ある日、私達は気晴らしに
あのラーンスロットを愛がどうやって服従させたのか読んでいました。
私達は二人きりで何の心配もしていませんでした。

物語が何度も私達の目を
そそのかし、目が合って私達は顔色を失いました。
けれども私達が負けてしまったのはあの瞬間。

（ダンテ・アリギエリ『神曲　地獄篇』）

「私達」は、パオロとフランチェスカ。
一郎の「自然が醸《かも》した恋愛」という「解釈」が誤りなのは明白だろう。「仲立ち」

をしたのは、「自然」ではなく、アーサー王伝説の中の〈「ラーンスロット」の物語〉だった。

実を云うとマロリーの写したランスロットは或る点に於て車夫の如く、ギニヴィアは車夫の情婦の様な感じがある。

（夏目漱石『薤露行』）

ランスロットは、ギニヴィアが自分をどのように扱おうと「車夫の如く」彼女に奉仕する。

パオロとフランチェスカは地獄にいるが、ダンテはそこから逃れることができる。しかし、二人が愛し合っているのに対し、彼は自分が愛する女性、ベアトリーチェの愛を得ることができなかった。この件《くだり》にはダンテの虚栄心が窺えます。彼は自分の運命をむごいと感じざるをえない。なぜなら彼にはもはやベアトリーチェがいないからです。それにひきかえ、地獄に堕ちた二人は一緒にいる。

（ホルヘ・ルイス・ボルヘス『七つの夜』「第一夜　神曲」）

一郎の場合、もっと「むごい」と言える。なぜなら、一郎には「愛する女性」さえいないからだ。誰かに愛されたいだけ。

五　「嫉妬《しっと》」と「技巧」

不合理な二者択一

被愛願望を満たすために行動することはできない。自分はあくまで客体だからだ。Sは〈「恋」のライバルと闘う〉という物語の主人公を演じることによって、やっと能動的になれた。

若い女として御嬢さんは思慮に富んだ方でしたけれども、その若い女に共通な私の嫌《きらい》なところも、あると思えば思えなくもなかったのです。そうしてその嫌《きらい》なところは、Kが宅《うち》へ来てから、始めて私の眼に着き出したのです。私はそれをKに対する私の嫉妬《しっと》に帰して可《い》いものか、又は私に対する御嬢さんの技巧と見做《みな》して然るべきものか、一寸分別《ふんべつ》に迷いました。

（夏目漱石『こころ』「下　先生と遺書」三十四）

「あると思えば思えなくもなかった」というのは、わかりにくい。「その嫌《きらい》なところ」は、〈Sに対して意味ありげな態度を見せる「ところ」〉だ。Kが来る前から、静母子はSに対して「嘲笑」（下十六）のような、そうでもないような、おかしな笑い方をすることがあった。だから、青年Sは戸惑っていた。静母子の態度の真意を知るために、SはKをわざわざ「宅へ引張って来た」（下十八）のだ。ところが、語り手Sは、Kとの同居を偶然の出来事のように語る。「それ」が指すものは、〈「私の眼に着き出した」理由〉など。「私の眼に着き出した」は、〈私が眼を着け始めた〉などといった能動的な表現を回避しようとしたもの。

この「嫉妬《しっと》」は〈羨望〉などが適当。男性的魅力の競い合いだ。

「私に対する御嬢さんの技巧」は〈挑発〉などが適当。普通の〈媚態〉ではない。ツンデレのツンのようなもの。男をいじめて誘惑する。被愛願望の少ない男なら、ツンを深読みしない。あっさり、〈ふられた〉と思う。

〈「Kに対する私の嫉妬」あるいは「私に対する御嬢さんの技巧」〉という二者択一は不合理だ。両方同時に成り立つ場合もある。Sは、「技巧」を排除する目的で、不合理な二者択一を設定し、「嫉妬」を採用したわけだ。

「分別《ふんべつ》」は〈ぶんべつ〉がよかろう。


「慈雨」


Kに対するSの「嫉妬《しっと》」は、静がいなくても発現しえた。

自分の「あの女」に対する興味は衰えたけれども自分はどうしても三沢と「あの女」とをそう懇意にしたくなかった。三沢もまた、あの美しい看護婦をどうする了簡《りょうけん》もない癖に、自分だけがだんだん彼女《かのじょ》に近づいて行くのを見て、平気でいる訳には行かなかった。そこに自分達の心づかない暗闘があった。そこに持って生れた人間のわがままと嫉妬《しっと》があった。そこに調和にも衝突にも発展し得ない、中心を欠いた興味があった。要するにそこには性《せい》の争いがあったのである。そうして両方共それを露骨に云う事ができなかったのである。

（夏目漱石『行人』「友達」二十七）

語り手は二郎。
二郎が「「あの女」に対する興味」を抱いた理由は不明。
「三沢もまた」と、どうやって二郎は知ったのか。
「あの女」と「看護婦」は別人。二郎は、三沢が女に好かれるのを嫌がっている。
また、〈三沢も二郎が女に好かれるのを嫌がっている〉と思っている。
「そこ」の指すものは不明。
「持って生れた」は不可解。

「中心」は、『こころ』の場合、静だろう。
「性《せい》の争い」は〈モテ度比べ〉のこと。
「両方共」と、どうやって二郎は知ったのか。
Ｓは、二郎より成長しているつもりだろう。

もし相手が御嬢さんでなかったならば、私はどんなに彼に都合の好《い》い返事を、その渇き切った顔の上に慈雨の如《ごと》く注いで遣ったか分りません。

（夏目漱石『こころ』「下　先生と遺書」四十）

「相手」は、〈Ｋの「切ない恋」（下三十六）の「相手」〉の略。
「どんなに」は〈どれほど〉と解釈する。
「渇き切った顔」は意味不明。
〈「返事を」〜「顔の上に」〉は意味不明。〈「返事を」〜「注いで」〉は意味不明。
「慈雨」は意味不明。
明治には、友達から「切ない恋」の話を聞かされたら、泣くことになっていたらしい。『それから』では、友人から恋の話を聞かされ、代助は「泣いて」(『それから』十六)やって、そして、泣ける自分に酔っていた。涙は「嫉妬《しっと》」を浄化するのかもしれない。

「技巧なら戦争だ」

Kに対する「嫉妬《しっと》」によって静の「技巧」の可能性を排除できなければ、Sはどうなっていたろう。

けれどももし親切を冠《かむ》らない技巧《アート》が彼女の本義なら……。僕は技巧という二字を細かに割って考えた。高木を媒鳥《おとり》に僕を釣るつもりか。釣るのは、最後の目的もない癖に、ただ僕の彼女に対する愛情を一時的に刺戟《しげき》して楽しむつもりか。あるいは僕にある意味で高木のようになれというつもりか。そうすれば僕を愛しても好いというつもりか。あるいは高木と僕と戦うところを眺《なが》めて面白かったというつもりか。または高木を僕の眼の前に出して、こういう人がいるのだから、早く思い切れというつもりか。――僕は技巧の二字をどこまでも割って考えた。そうして技巧なら戦争だと考えた。戦争ならどうしても勝負に終るべきだと考えた。

（夏目漱石『彼岸過迄』「須永の話」三十一）

「親切」とは、「高木の名前を口へ出さないのは、全く彼女の僕に対する好意」（「須永の話」三十一）のことだろう。〈須永が勝手に恋敵と思い込んでいる高木について彼女が話題にしないのは、須永の気持ちを傷つけないためだ〉というような、奇妙な話。

「親切を冠《かむ》らない」は〈邪気のある〉と解釈する。

この「技巧《アート》」と静の「技巧」は同じ。

「彼女」は千代子。

「本義」は〈本心〉と解釈する。

〈「二字を」～「割って」〉は意味不明。したがって、「考えた」も意味不明。

高木は正体不明。

「媒鳥《おとり》」だから「釣る」は〈捕る〉が正しい。「巧みに誘う」(『広辞苑』「つる」)という意味なら、〈囮《おとり》〉でいい。鳥の話になる理由が不明。

「最後の目的」は不明。だから、「ない」は無駄話。

〈「愛情を」〜「刺戟《しげき》して」〉は意味不明。

「ある意味」は、〈高木は千代子を略奪しそうだという「意味」〉か。

須永も千代子も、〈愛されなければ愛さない〉という残酷なテーゼに囚われている。

この「戦争」は、〈惚れたら負け〉だ。あるいは、〈惚れてもらえそうにないと思って諦めたら負け〉だろうか。〈art of war〉は〈戦術〉のこと。「最上の戦には一語をも交うる事を許さぬ」(『虞美人草』二)の「戦」と同じで、自分を愛させる「勝負」だ。

「勝負に終る」は意味不明。

「精神的に癇性」

Kの死後も、Kに対するSの「嫉妬《しっと》」は続く。

私は妻と顔を合せているうちに、卒然Kに脅《おびや》かされるのです。つまり妻が中間に立って、Kと私を何処までも結び付けて離さないようにするのです。

（夏目漱石『こころ』「下　先生と遺書」五十二）

三角関係だったら、〈Kが「中間に立って」静とSを離そうとする〉と語られるはずだ。

急に男は女をふり離した。

「もう今となっては、わたしの目に映るのは、あなたひとりだけではない。いつも、ほかの男と一緒にいるのが目に見える」

テレーズは無言のまま、怒りと絶望の眼差しで、男を見据えた。

（アナトール・フランス『赤い百合』）

かつて「男」はテレーズの浮気を疑った。疑いは晴れたが、疑い過ぎた結果、嫉妬妄想的気分を払拭することができなくなってしまった。

静の「技巧」の可能性を排除するには、Sは、Kの死後もKに対する「嫉妬《しっと》」を維持しなければならなかったのだ。

まえにもいったように賢蔵さんは、他人の触った火鉢でさえ、アルコールで消毒しなければ納まらぬ人なんです。こういう場合には低級な言葉ほどぴったりします。一度ほかの男——賢蔵さんにとっては他人はみな穢らしいものだったんですよ——の胸に抱かれたことのある女を、自分の妻として抱いて寝られるか。賢蔵さんにとっては、考えただけでもそれは悪寒の走ることだったに違いない。

（横溝正史『本陣殺人事件』）

Sも「Kに脅《おびや》かされる」と「悪寒」がしたのだろう。

「先生は癇性《かんしょう》ですね」とかつて奥さんに告げた時、奥さんは「でも着物などは、それ程気にしないようですよ」と答えた事があった。それを傍《そばママ》に聞いていた先生は、「本当をいうと、私は精神的に癇性なんです。それで始終苦しいんです。考えると実に馬鹿《ばか》々々しい性分だ」と云って笑った。精神的に癇性という意味は、俗にいう神経質という意味か、又は倫理的に潔癖だという意味か、私には解《わか》らなかった。奥さんにも能《よ》く通じないらしかった。

（夏目漱石『こころ』「上　先生と私」三十二）

「精神的に癇性」は、勿論、意味不明。本来の「癇性」は肉体的か。「俗にいう神経質という意味か、又は倫理的に潔癖だという意味か」という二者択一は合理的なのか。また、第三案はないのか。

「俗にいう神経質」は「気にしなくてよいような細かいところを気にかける性質」（『日本国語大辞典』「神経質」②）か。「倫理的に潔癖」は「不正なことをひどくきらう性質」(『日本国語大辞典』「潔癖」②)か。どちらもなら、〈「気にしなくてよいような細かい」「不正なことをひどくきらう性質」〉と作文すべきか。

「奥さんにも」の「も」は変。前の文は「解《わか》らなかった」で、この文は「通じない」だからだ。「も」を重視すれば、〈解る〉と〈通じる〉は類語ということになる。

「も」を軽視すると、次のような物語を想像してしまう。

静にもPにも「精神的に癇性という意味」は解らない。しかも、PにはSの意図さえ通じない。意図だけなら、静に通じる。ただし、「能《よ》く」は通じない。

この場合、語り手Pは通じる度合いについて比べていることになる。語られるPが想像するところの〈静に通じたSの意図〉みたいな事柄を、語り手Pは隠蔽しているらしい。

第三章　「イゴイストという言葉の意味」

一　エゴイズムなど

「たしかに思想家であった」

『こころ』は次のように紹介されている。

近代知識人のエゴイズムの問題を追究した作品。

（『日本国語大辞典』「こころ」）

これを〈定説〉としよう。

「近代」と「知識人」と「エゴイズム」は、それぞれ、難しい。また、これらの語句の関係も不明。こういう「問題」の使い方は「問題」だ。「追究した」結果、どんな答えが出たのだろう。不明。

〈近代〉は「日本史では明治維新から太平洋戦争の終結までとするのが通説」(『広辞苑』「近代」)だが、その理由は不明。

〈知識人〉とは「高い知識・教養のある人」(『広辞苑』「知識人」)ということだが、「知識・教養」の高低を計測する基準は不明。

「近代知識人」とはSのことだろうが、だったら、おかしい。Sは、「大学出身」(上十二)ではあるが、無為徒食の中年男だ。夢も希望もない。「知識・教養」の高低を考えるための材料は皆無。


悟った人は、胸中に何の思い患うこともないし、愚かな人は、何も知らず何を考えることもない。この人達とは、ともに学問を論じ、また、協力して仕事をすることができる。ただ中途半端な知識人だけは、一通りの思慮知識がよけいにあり、それだけにあて推量し疑い深いものが多い。こういう人とは、何事につけても共同して仕事をすることは難しい。

（洪自誠『菜根譚』）

Sは「中途半端な知識人」つまり知的俗物だ。

『菜根譚』は「こんな妙な本だ」（『門』十八）と紹介されている。どのように「妙」なのか、不明。つまり、「妙」が意味不明。

かれらは知識的にはすぐれており、社会においてかなり重要な地位をしめ、したがって比較的高い収入と余裕ある生活水準をあたえられているが、しかしその地位はあくまで資本家に従属する被使用者としての地位であり、実際には生活手段をもたず自己の労働力を売るだけのプロレタリアートと区別されない。

（『哲学事典』「インテリゲンチャ」）

「かれら」は「経済的には独立した精神労働者である医師、弁護士、芸術家、著述家など」（『哲学事典』「インテリゲンチャ」）だ。「かれら」が財閥に限らず、門閥、閨閥、学閥、旧藩閥などから自由でないなら、「プロレタリアートと区別されない」のではないか。

私の眼に映ずる先生はたしかに思想家であった。
（夏目漱石『こころ』「上　先生と私」十五）

「眼」は怪しい。「たしかに」を受ける言葉がない。この文には、〈「私」以外の「眼に映ずる先生はたしかに思想家」には見えないの「であった」〉という含意がある。
本文は、次のような循環論法を隠蔽しているはずだ。

〈Sが思想家であることはたしかだから、そのことを察したPの鑑定眼はたしかだ〉∽〈Pの鑑定眼はたしかだから、Sが思想家であることはたしかだ〉

青年Pは、自分自身を偉そうに見せかけるために、Sを担いでいたようだ。担ぎやすそうな「年長者」（上三）のことを、ある種の青年は「先生」と呼んで崇める独り芝居に陶酔するらしい。

「思想上の問題」

Pは、無駄話を続ける。

私は思想上の問題に就いて、大いなる利益を先生から受けた事を自白する。
（夏目漱石『こころ』「上　先生と私」三十一）

青年Pが抱えていた「思想上の問題」は不明。したがって、「利益」の内容も不明。「自白する」は穏やかでない。〈他人から「思想上の問題」に関して「利益」を受けるのは罪だ〉といった前提でもあるのだろうか。ちなみに、Pの卒業論文は「教授の眼にはよく見えなかったらしい」（上三十二）ということだから、学問上の「利益」は受けなかったようだ。あるいは、「見えなかったらしい」は皮肉のつもりかもしれない。だったら、いじましい。

貴方は現代の思想問題に就いて、よく私に議論を向けた事を記憶しているでしょう。私のそれに対する態度もよく解っているでしょう。

（夏目漱石『こころ』「下　先生と遺書」二）

「現代」がいつから始まるのか、不明。「現代」に限らず、「思想問題」は、『こころ』のどこにも見当たらない。だが、作者は「現代の思想問題」を表現したつもりでいるのかもしれない。「議論を向けた」は意味不明。読者は、「記憶している」つもりになるべきか。

利己主義。主我主義。自己中心主義。

（『広辞苑』「エゴイズム」）

面倒くさいけれど、一応は通らねばならない。

① 自己の利害だけを行為の規準とし、社会一般の利害を念頭に置かない考え方。主我主義。自己主義。⇕利他主義。
② 人間の利己心から出発して道徳の原理や観念を説明しようとする倫理学の立場。必ずしも①の意味での利己主義を主張するものではない。
（『広辞苑』「りこ‐しゅぎ【利己主義】」）

定説の「エゴイズム」は、利他主義の反対、つまり利己主義①だろう。通俗的な意味での利己主義を非難する必要はない。なぜなら、利己主義者は墓穴を掘るに決まっているからだ。

しかし、人間の利他的傾向を完全に否定し去ることは事実問題として一種の独断となる。さらに倫理学説として普遍化されれば、各人が自己の利益だけを追求する結果、主張者の利益にならないという現実の矛盾に陥り、普遍的な格率とはなりにくい。

（『日本大百科全書（ニッポニカ）』「利己主義」杖下隆英）

では、利他主義は、どうか。

さらに、各人が自分のことをまったく考えず、他人のためばかりを考えれば、自己完成の努力を怠り、また他人に深情けをかけることになって、かえって迷惑を及ぼすことにもなるから、規範的にも普遍的格率とはなりにくい。

（『日本大百科全書（ニッポニカ）』「利他主義」杖下隆英）

知的俗物が口にする〈あなたのためだから〉の前提は、〈私たちに排除されたくなければ〉だよね。

エゴチスム

無駄な調べものを続ける。

実践的には自己とその目的の価値を強調する立場で、自己保存本能の自然の発露であり、人格性の発展にとって必須の態度である。積極的意味でいわれるときはegotismの語が用いられることがある。

（『ブリタニカ国際大百科事典』「自我主義（egoism）」）

「egotism」について、調べる。

（1）フランスの作家スタンダールの用語。自我主義と訳され、倫理上、理論上の利己主義egoismではなく、作家が自己の肉体的、精神的個性を精密に研究し分析する態度をさす。（2）フランス語では一般に自己の教養を尊び、行為の根拠として、教養の涵養につとめる態度をいう。（3）英語、ドイツ語では、egoism、Egoismusに同じ。

（『哲学事典』「エゴティスム」）

もう少し。

しかし、少くともスタンダールが『エゴチスムの回想』を書いているころには、前記のような用法は存在しなかったし、スタンダール自身も世間並に「自己についてのみ語る悪癖」、「悪しき自己中心癖」の意で用いていたはずである。

（冨永明夫「スタンダール『エゴチスムの回想』解題」）

「遺書」には「自己についてのみ語る悪癖」が露呈しているようだ。

二 「イゴイストは不可《いけな》いね」

「横着な了簡《りょうけん》」

本文に「エゴイズム」という言葉は出てこない。

「イゴイストは不可《いけな》いね。何もしないで生きていようというのは横着な了簡《りょうけん》だからね。人は自分の有っている才能を出来るだけ働らかせなくっちゃ嘘《うそ》だ」

私は兄に向って、自分の使っているイゴイストという言葉の意味が能《よ》く解るかと聞き返して遣りたかった。

（夏目漱石『こころ』「中　両親と私」十五）

「兄」が「イゴイスト」と疑っているのは、〈「何もしないで生きていよう」としているS〉だ。「兄」は、Pが〈Sには「才能」がある〉と示唆したように思ったのだろう。だったら、「兄」の発言は常識的なものだ。私はそう思う。Pは思わないのだろうか。不明。

「自分の使っている」は不要。「能《よ》く解るか」の「能《よ》く」は嫌味。

「イゴイストは不可《いけな》いね」と決めつけるのは俗物だろう。一方、「自分の使っているイゴイストという言葉の意味が能《よ》く解るか」などと筋違いの嫌味を言うのは知的俗物だ。
「聞き返して」が〈言い返して〉だったら、どうなっていたろう。

P　兄さんは自分の使っているイゴイストという言葉の意味がよく解るか。
兄　解るよ。御前は俺の使っているイゴイストという言葉の意味がよく解るか。
P　解るよ。
兄　御前は何を言っているんだ。
P　兄さんは、イゴイストの本当の意味を知っているのか。
兄　知っているよ。御前は知らないのか。
P　知っている。
兄　御前は何を言っているんだ。
P　兄さんは、イゴイストの本当の意味を知らないんだ。
兄　知っているよ。御前は知らないのか。
P　知っている。
兄　御前は何を言っているんだ。

Ｐ　イゴイストというのはね、(長々と書生論)。
兄　わかった、わかった。面倒くさいやつだ。御前、友達、いないよな。もう、いい。百歩譲ろう。御前が先生と呼んでいる人物は、イゴイストではないとしても、横着なんだよ。
Ｐ　兄さんは自分の使っている横着という言葉の意味がよく解るか。
兄　まだやるの?

知的俗物は、きちんとした会話ができない。

語り手Ｐは、彼なりの「イゴイスト」の意味を隠蔽しているようだ。それがどういうものなのか、私にはわからない。推量することもできない。作者が隠蔽しているのだろう。

語られるＰの考えでは、Ｓは「兄」の考える「イゴイスト」に該当しない。このことは確かだろう。では、Ｐ的意味ではどうなのか。
Ｉ　ＳはＰ的意味の「イゴイスト」だ。

Ⅱ　SはP的意味の「イゴイスト」ではない。

語り手Pは、どちらを暗示しているのだろう。不明。

「利己心」

P文書で語られているPは、言うまでもなく、まだ「遺書」を読んでいない。「遺書」を読んだ後でも、彼は〈いかなる意味でもSは「イゴイスト」ではない〉と思うのか。

要するに私の言葉は単なる利己心の発現でした。

（夏目漱石『こころ』「下　先生と遺書」四十一）

「私の言葉」とは『精神的に向上心のないものは馬鹿《ばか》だ』（下四十一）というものだ。

「利己心」とあるから、Sが利己的に振る舞ったことは明らかだろう。ただし、「単なる利己心」は〈利己主義的ではない「利己心」〉という意味なのかもしれない。「発現」にも〈意図的ではない〉という含意がありそうだ。つまり、Sは「イゴイスト」ではないということ。そうだとすれば、定説は間違っていることになる。

①《individualism》国家・社会の権威に対して個人の意義と価値を重視し、その権利と自由を尊重することを主張する立場や理論。⇩全体主義

②「利己主義」に同じ。

（『大辞泉』「個人主義」）

この②は怪しい。

利己（りこ）主義とは違う。⇳全体主義。

（『学研　小学国語辞典』「個人主義」）

作者は、〈Sは悪人の利己主義者ではなく善人の個人主義者だ〉と暗示するのだろうか。

個人主義の頽落

個人主義とエゴイズムの関係について調べる。

近代市民社会の基礎となるものであるが、一方でエゴイズムへの頽落、全体主義への転化、大衆社会におけるアパシーの現出といった否定面をもたらすことも明らかになっている。

（『百科事典マイペディア』「こじんしゅぎ【個人主義】」）

〈『こころ』は近代主義者Sの「イゴイスト」への「頽落」を文芸的に表現した作品〉と総括していいか。無理だろう。

「全体主義への転化」の例。

また20世紀の民主主義は極度に参政権を拡大し、また直接民主主義的制度をも採用したが、それは大衆社会状況がそのまま政治過程に浸透することを許したものであり、事実ファシズムはマス・デモクラシーを母体として出現したのである。

（『ブリタニカ国際大百科事典』「民主主義［ミンシュシュギ］」）

「アパシー」について調べる。

① アパテイア。

② 政治的無関心のこと。

③ 意欲に乏しく無感動な状態。

（『広辞苑』「アパシー」）

「大衆社会におけるアパシー」の場合、①は該当しない。Sは政治について何も語っていないから、②は論外。よって、③が適当。

『現代人は愛しうるか』

Sは次のように語れなかった。

個人は愛することができない。これを現代の公理とするがいい。近代の男女は個人として以外に自分自身のことを考ええないのだ。ゆえに、彼等のうちにある個性は、ついにおなじく自分たちのうちの愛し手を殺さねばやまぬ宿命にある。というのは、自分の愛する対象を殺すというのではない。おのおのが自己の個性を主張することによって、自己のうちなる愛し手を殺すということなのだ。男も女もおなじである。クリスト教徒はついに愛しえない。愛はクリスト者的なもの、民主主義者、近代的なものを、要するに個人を殺してしまう。個人は愛することができない。個人がひとたび愛するならば、もはや彼は純粋な個人ではなくなってしまう。そこで彼はふたたび自己をとりもどし、かくして愛することをやめねばならないのだ。これこそ現代の教えるもっとも驚愕すべき教訓でなくしてなんであろう。個人、クリスト教徒、民主主義者は愛しえぬというのだ。いや、愛してみるがいい、そのとき人は一度さしだしたものをとりもどさねばならぬ、撤回せねばならぬのだ。

（D・H・ロレンス『現代人は愛しうるか』）

Sの「覚悟」（上十四）は、〈現代人は愛されえぬ〉というものだろう。ロレンスは、〈愛することは容易なはずなのに困難だ〉ということを語っている。一方、Sは〈愛される愛の奇跡が起きないのは変だ〉というようなことを語ろうとして語れなかった。当然だろう。語れば支離滅裂になる。

日本人は愛されることができない。これを現代の公理とするがいい。近代日本の男女は個人として以外に自分のことを考えてもらえないのだ。ゆえに彼らのうちにある個性は、ついに同じく自分たちのうちの愛され手を殺さねばやまぬ宿命にある。というのは、自分を愛する主体を殺すというのではない。おのおのが自己の個性を主張することによって、自己のうちなる愛され手を殺すということなのだ。男も女も同じである。日本教徒はついに愛されえない。愛は日本人的なもの、集団主義者、武士道的なものを、要するにサムライを殺してしまう。日本人は愛されることができない。日本人がひとたび愛されるならば、もはや彼は純粋な日本人ではなくなってしまう。そこで彼はふたたび自己をとりもどし、かくして愛されることをやめねばならないのだ。これこそ現代の教えるもっとも驚愕すべき教訓でなくしてなんであろう。日本人、日本教徒、集団主義者は愛されえぬというのだ。いや、愛されてみるがいい、そのとき人は一度さしだされたものをとりもどされねばならぬ、撤回されねばならぬのだ。

Pの得た「教訓」(上三十一)は、〈現代人は愛されえぬ〉というものだろう。

三　意味不明の「覚悟」宣言

よいどれ語

『こころ』論の定説の「エゴイズム」は「自由と独立と己れとに充《み》ちた現代に生れた我々はその犠牲としてみんなこの淋しみを味わわなくてはならないでしょう」（上十四）というSの「覚悟」（上十四）宣言と関係があるのだろう。

だが、この宣言は意味不明だ。

「自由と独立」という漢語に「己れ」という和語をくっつけるのは、変。

「自由」であれ、「独立」であれ、「己れ」であれ、それが「充《み》ちた」というのは意味不明。

「現代」は〈「現代」社会〉などの不当な略だろうが、「現代」限定である理由は『こころ』のどこにも見出せない。

「我々」が誰々なのか、不明。

「その犠牲」の「その」が指す言葉は不明。「みんな」と、どうして知り得るのか。推論すら、なされていない。〈「この淋しみ」の物語〉は、この前を読んでも想像できない。「味わわなくてはならないでしょう」は意味不明。Sだけが味わっていて、「みんな」は味わっていないみたいだ。これは呪いの言葉かもしれない。真意は〈「みんな」も味わえ〉ということだろう。

このような語は絶えず再定義されねばならないのだが、そのことは語が抽象的になるにつれてますます困難になる。われわれの「fusil〔銃〕」が祖父の時代のfusil〔火打石〕ではないということはいつでも検証できる。だが、「paresse〔怠惰〕」とは何か？　自分の課題を果さないことか、水を汲まないことか、材木を切らないことなのか？「自由」とか「民主主義」というたぐいの抽象語になるとさらに、定義のための検証されうる具体的な実体から遠ざかる。そしてそれらの語の価値が進化するばかりか、それらの指示内容についてさえだれも一致しないことになる。まことに、錨索を切り、冒険に向って漂流しはじめるよいどれ語なのだ。

（ピエール・ギロー『意味論—ことばの意味—』）

原典の特定できない「自由」その他の語句は、「よいどれ語」なのだ。

「この淋しみ」

「覚悟」宣言の「この淋しみ」は、Sの自殺の原因になる。だから、ありふれた感傷ではない。症状のようなものだ。

都市化、産業化が進むとともに目だってくる疾病のこと。医学上の用語としてよりは、ジャーナリズムによって作られた用語。

（『日本大百科全書（ニッポニカ）』「現代病」真田是）

Nの小説に登場するウザい男たちは、流行語としての現代病の患者だ。ただし、現代病なるものが実際に流行していたのか、現代病という言葉が流行していただけなのか、私には調べきれない。

（なお、たとえば、日本などの後発諸国では先進技術などの導入による産業化が優先され、外面的な文物や制度の導入・模倣がなされたが、古い共同体的諸関係や価値体系が温存されたため、政治・社会の近代化は不徹底に終わるか、形骸（けいがい）化するに留まり、産業の近代化が政治・社会の近代化に先行した）

（『日本大百科全書（ニッポニカ）』「近代化」濱嶋朗）

「この淋しみ」は近代化の副作用か。逆に、西洋近代化の「不徹底」や「形骸（けいがい）化」が原因か。こんな問題に意味があるのか。不明。

欽吾は腹を痛めぬ子である。腹を痛めぬ子に油断は出来ぬ。これが謎の女の先天的に教わった大真理である。この真理を発見すると共に謎の女は神経衰弱に罹《かか》った。神経衰弱は文明の流行病である。自分の神経衰弱を濫用《らんよう》すると、わが子までも神経衰弱にしてしまう。そうしてあれの病気にも困り切りますと云う。感染したものこそいい迷惑である。

（夏目漱石『虞美人草』十二）

「先天的に」は意味不明。「先天的に教わった」は意味不明。誰に「教わった」のだろう。

「大真理」は語り手の皮肉だろうが、皮肉でなければどんな言葉が適当だろう。

「大真理」が「真理」に変わった。「大」だけが皮肉で、「真理」は皮肉ではなかったか。

「教わった」のに「発見する」とは、どういうことか。どちらかが冗談なのだろう。両方とも冗談かもしれない。

「謎の女」は欽吾の継母のことだが、「謎」の意味は平明ではない。

「神経衰弱」は意味不明。〈「神経衰弱に罹《かか》った」ので「この真理を発見する」〉という話ではない。語り手は因果関係を逆に語っているようだ。わざとか。

「流行病」と「腹を痛めぬ子」と、どんな関係があるのだろう。

その上彼は、現代の日本に特有なる一種の不安に襲われ出した。その不安は人と人との間に信仰がない源因《げんいん》から起こる野蛮程度の現象であった。彼はこの心的現象のためにはなはだしき動揺を感じた。

（夏目漱石『それから』十）

「現代の日本に特有なる一種の不安」など、『それから』には描かれていない。代助は彼の家族に「特有なる一種の不安」を直視したくないのだ。作者が表現を避けている。

「一種の不安」は「不安」ではない。〈不快の「一種」〉か何かを隠蔽する言葉だ。「人と人」の真意は〈父と子〉だ。「信仰」の真意は〈親愛〉だ。「野蛮」の真意は〈幼児〉だろう。

代助の「一種の不安」に相当するのが、Sの「淋しみ」だ。

「覚悟」と「明治の精神」

「覚悟」と「明治の精神」には関連がありそうだ。

明治天皇の崩御、乃木大将の殉死に触発され、先生は「自由と独立と己れ」という明治の精神の犠牲者として自殺し、いっさいの始末をつけた。

（『日本近代文学大事典』「夏目漱石」瀬沼茂樹）

「触発され」は意味不明。減点。「先生」に鉤カッコがない。減点。「明治の精神」に鉤カッコがない。減点。意味不明の「自由と独立と己れ」と、典拠不明の「明治の精神」を、「という」で結んだから、減点。「自由と独立と己れ」は、「明治の精神」ではない。「この淋しみ」が「明治の精神」だ。減点。Sが「犠牲者」ならば、「自殺し」は〈誰かに強いられて「自殺し」〉の略ということになる。また、作中の乃木夫妻は明治天皇に強いられて自殺したことになりそうだ。「犠牲者として自殺し」はナンセンス。減点。「いっさいの始末」は意味不明。減点。

よって、赤点。こんな悪文を掲載した事典も駄目。「覚悟」宣言は、日本語としておかしい。まず、「自由と独立と己れ」という三つの語を並べた理由が不明。この三つの語を主題とする物語を想像することは、私にはできない。

近代民主主義の価値理念を表現したものといわれている。（『ブリタニカ国際大百科事典』「自由、平等、博愛［ジユウ、ビョウドウ、ハクアイ］」）

「自由、平等、博愛」なら、西洋近代史を勉強すればわかるようになるのだろう。だが、「自由と独立と己れ」の場合、どうすればいいのか。

自由と独立と己れとに充ちた現代　漱石の中には、こうした傾向を同時代の基本的性格とする認識は早くからあり、漱石文学の一貫した主題といい得る。『こころ』と同年の講演「私の個人主義」はこれについての漱石の思索を最も明晰に述べたもので、これが個人の人格や自立の基盤であるとともに、孤独や独善の源泉でもあることを指摘している。
（夏目漱石『こころ』新潮文庫注解）

「私の個人主義」は意味不明。
この「注解」も意味不明。

第四章　「精神的に向上心がないものは馬鹿だ」

一　「向上心」

「精神的に」

『こころ』で一番有名らしい文を読もう。

『精神的に向上心のないものは、馬鹿《ばか》だ』
（夏目漱石『こころ』「下　先生と遺書」四十一）

「精神的に」の被修飾語が決まらない。〈「向上心」が「精神的に」「ない」〉なんて意味不明。〈「精神的に」「馬鹿だ」〉と考えても、やはり意味不明。〈「精神的」な「向上心」〉とやっても、やはり確かな意味はない。〈「精神的」方面「に」おいて「向上心のないものは馬鹿だ」〉と補うと、やっと日本語らしくなるが、まだもやもやしている。〈肉体的方面にしか「向上心のないものは馬鹿だ」〉という意味か。

よりよい方向を目指し自らを高めようとする心。「―のない人」「精神的に―のないものは馬鹿だ〈漱石〉」
（『明鏡国語辞典』「こうじょう‐しん【向上心】」）

この説明と本文を合成すると、〈「精神的に」「よりよい方向を目指し自らを高めようとする心」「のないものは馬鹿だ」〉となる。この場合、「精神的に」の被修飾語は「よい」だ。この辞典によれば、本文では被修飾語が欠落していることになる。だったら、本文は悪文と判定してよい。

私は先《ま》ず『精神的に向上心のないものは馬鹿《ばか》だ』と云い放ちました。これは二人で房州を旅行している際、Kが私に向って使った言葉です。

（夏目漱石『こころ』「下　先生と遺書」四十一）

「馬鹿」の真意を知っているのは、Kだけだ。Sは知らない。

立身出世

「向上心」というと、スマイルズの『向上心』が連想される。彼の『西国立志編』と訳された『自助論』は「西洋の個人主義的道徳」（『広辞苑』「西国立志編」）を説いたものだが、「しばしば立身出世の文脈で読まれた」（『日本史小辞典』「西国立志編」）という。

当時のベストセラーであるスマイルズの『西国（さいごく）立志編』（一八七〇〜七一）や福沢諭吉の『学問のすゝめ』（一八七二）は、人々に自らの才覚と努力で立身出世（＝上昇移動）を勧める内容であり、また当時の個人レベルの立身出世はそのまま国家レベルの立身出世（＝列強への追い付き）と重なり、立身出世は公的にも正当化された。その後明治後期からしだいに社会階層が固定化し安定化するようになると、社会的上昇移動のコースは学校や官僚制によって制度化され、それとともに立身出世の観念も当初の野性味を失い、形式化、矮小（わいしょう）化されるに至った。

（『日本大百科全書（ニッポニカ）』「立身出世」麻生誠）

『それから』の代助の父の世代では、「個人レベルの立身出世」と「国家レベルの立身出世」が一致していたようだ。代助の世代では大義を失ったためか、彼は「nil《ニル》 admirari《アドミラリ》の域に達して」（『それから』二）いた。〈ニル・アドミラリ〉とは、〈無関心〉とか〈無感動〉とかいう意味だ。この言葉は『舞姫』（森鴎外）に出ている。

我々は実際偉くなる積りでいたのです。ことにKは強かったのです。

（夏目漱石『こころ』「下　先生と遺書」十九）

どんなふうに「偉くなる積り」だったのか、具体的に語られていない。ありふれた立身出世を願っていた様子はない。

けれども天の与へた性質から言ふと、彼は率直で、単純で、そして何処かに圧《おさ》ゆべからざる勇猛心を持つて居た。勇猛心といふよりか、敢為《かんゐ》の気象と言つた方が可からう。則ち一転すれば冒険心となり、再転すれば山気《やまぎ》となるのである。現に彼の父は山気のために失敗し、彼の兄は冒険の為に死んだ。けれども正作は西国立志編のお蔭で、此気象に訓練を加へ、堅実なる有為の精神としたのである。

（国木田独歩『非凡なる凡人』）

Kの雑言に含まれた「精神的に」の「精神」は「堅実なる有為の精神」とは違うようだ。むしろ、その逆で、「山気《やまぎ》」だろう。〈Kは「山気のために失敗し」て

「冒険の為に死んだ」》と言える。ただし、その「冒険」は内向きであり、「精神的に」頑張っていただけだ。その非現実的な「向上心」を、Kは「精進《しょうじん》」（下十九）という言葉で美化していた。

「精神的に」しか「向上心のないもの」

Kに、ポジティブな「向上心」があったろうか。

寺に生れた彼は、常に精進《しょうじん》という言葉を使いました。そうして彼の行為動作は悉《ことごと》くこの精進の一語で形容されるように、私には見えたのです。私は心のうちで常にKを畏敬《いけい》していました。

（夏目漱石『こころ』「下　先生と遺書」十九）

「彼」はKだ。この「常に」は〈しばしば〉などが適当。

Kの「行為動作」の具体例は語られない。

「悉《ことごと》く」は誇張。

「私には見えた」には、〈私以外の人間には見えなかった〉という含意がある。

Sは、Kの「精進《しょうじん》」芝居の唯一の観客だったようだ。Kは、Sに煽られて芝居を止められなくなっていたのかもしれない。

〈「私は心の」そとでは「常にKを」侮蔑していました〉という文が見え隠れする。


こうして第一章で確認したように、近代国家の確立に伴う国家体制の整備・固定化により、一種の閉塞状況が青年層にもたらされた。「神経衰弱」という言葉がこの頃初めて使われ出したことに示される「煩悶青年」、「女学生との遊蕩に耽っている」と非難された「堕落青年」、他方では「一攫千金」を夢みる「成功青年」などの青年の諸タイプがこのアノミー状況に応じて登場してくる。そしてこれらの青年層向けに「努力による人格の修養」を第一義とする修養書が大量に書かれ、修養書ベストセラー時代が出現するのである。そしてさらにこのプロセスの中で修養主義が確立し、大正、昭和へと分極化しつつも受け継がれていくことになる。

（筒井清忠『日本型「教養」の運命―歴史社会学的考察』）

Ｋは「修養書」マニアだったのかもしれない。近頃だと、ビジネス書を渉猟するタイプだ。

彼は寧ろ神経衰弱に罹《かか》っている位なのです。私は仕方がないから、彼に向って至極同感であるような様子を見せました。

（夏目漱石『こころ』「下　先生と遺書」二十二）

「彼」はＫだ。〈「精神的に」しか「向上心のないもの」〉は「神経衰弱」だろう。Ｋにはどの「ような様子」に見えたのか。

静の存在とは無関係に、Ｓはかなり前からＫを騙していたのだ。

二　愛欲

母性喪失症候群

房州でKが「馬鹿」という言葉を投げつけたかった相手は、「住持」（下三十）だったはずだ。しかし、本当の相手は実父だ。Kが実父を嫌うのは、実父が再婚したからだ。Kは「住持」を実父の批判者として仕立てようとしたが、うまくいかなかったので、Sに八つ当たりをしたわけだ。

Kが「住持」に何かを期待したのは、彼が日蓮宗徒だったからだろう。

日本の仏教にあっては、鎌倉時代以後、愛欲を基本的に否定しようとするもの、愛欲を肯定しそのなかに生じる罪の意識や無常観をもとに阿弥陀仏の救済を求める浄土教、愛欲の生活にありながらも題目を称えることによって浄化されるとする日蓮仏教、の3つの傾向が生れた。

（『ブリタニカ国際大百科事典』「愛欲［アイヨク］」）

Kは禁欲的だった。浄土教的愛欲を否定したかったようだ。「真宗《しんしゅう》の坊さんの子」（下十九）でありながら「医者の所へ養子に遣られた」（下十九）からだろう。ただし、「養子」は口実であり、実際には継母に唆された実父がKを厄介払いしたのだろう。Kは、実父を恨みつつも憐れみ、継母を憎んでいたのかもしれない。

Kは母のない男でした。彼の性格の一面は、たしかに継母《けいぼ》に育てられた結果とも見る事が出来るようです。

（夏目漱石『こころ』「下　先生と遺書」二十一）

「母のない男」は〈「母の」愛情を受けたことの「ない男」〉などの不当な略だろう。

「たしかに」の被修飾語が不明。「彼の性格の一面」という言葉は、その「面」が致命的なことを隠蔽している。語り手Sは、〈実母はKを愛した〉という虚偽の暗示をしている。

性格としては、孤独、攻撃的、疑い深い、拒否的となる。不活発でおどおどしているが、自分を受入れてくれる人にはまつわりつく。

（『ブリタニカ国際大百科事典』「母性喪失症候群〔ボセイソウシツショウコウグン〕」）

こうした「性格」は、K限定のものではない。Sも、Pも、そして、Nの小説に登場する男たちのほとんど全員が、こうした「性格」の持ち主だ。Nの生い立ちが反映しているわけだが、『道草』以前の作者は、冗談めかしたり、深刻ぶったりしていた。

「継子話」は継母のいじめの方法により2大別できる、一つは、不可能な課題を与えて継子を苦しめる話である。第二は、継子を殺害するか追い出すかする話である。いずれも継子の苦難は、継子を守護する生母の霊や神仏の霊力によって救われる。

（『日本大百科全書（ニッポニカ）』「継子話」小島瓔禮）

青年Sが空想し、語り手Sが隠蔽する〈Kの物語〉は、次のようなものと仮定できる。

継母に唆された実父は、「次男」（下十九）であることを口実に、Kを養子に出した。Kは、実父を愛欲に溺れた男とみなし、自分は違うタイプの男になろうと頑張った。理想の男になれたら実父を見返し、改心させ、実父に継母を罰させるつもりだった。

語り手Sは、青年Sの空想していた〈Kの物語〉の気分だけを漂わせている。

「さも軽薄もののように」

Kは、実父に対する恨みをSに共有してほしかった。Sは、そのことを察して、とぼけた。とぼけたことが察せられたので、Kは怒った。

たしかその翌《あく》る晩の事だと思いますが、二人は宿へ着いて飯を食って、もう寐《ね》ようという少し前になってから、急にむずかしい問題を論じ合い出しました。Kは昨日《きのう》自分の方から話しかけた日蓮の事に就いて、私が取り合わなかったのを、快よく思っていなかったのです。精神的に向上心がないものは馬鹿だと云って、何だか私をさも軽薄もののように遣り込めるのです。

（夏目漱石『こころ』「下　先生と遺書」三十）

「翌《あく》る晩」は不可解。なぜ、〈その「晩」〉ではないのか。
「もう寐《ね》ようという少し前になってから」は意味不明。
「むずかしい問題」が何なのか、不明。
「論じ合い」は意味不明。
「日蓮の事」の内容は語られない。
「昨日《きのう》」のSは「草臥《くたび》れて」（下三十）いて、「日蓮の事」を聞き流していた。

「何だか」や「さも軽薄なもののように」は怪しい。Sは、「遣り込め」られなかった。この後、「私は私で弁解を始めたのです」（下三十）と続く。ただし、「弁解」は変。〈反撃〉などが適当のようだが、真意は〈ごまかし〉だろう。だったら、「遣り込め」られたのか。何が何だか。

三　「馬鹿」の含意

「恋の行手」

房州から帰った後、Sの方から「むずかしい問題」を蒸し返す。そのとき、Sは、それがすでに解けていて、しかも、その答えを二人がずっと共有してきたふうを装う。

私は先ず《ま》『精神的に向上心のないものは馬鹿《ばか》だ』と云い放ちました。これは二人で房州を旅行している際、Kが私に向って使った言葉です。私は彼の使った通りを、彼と同じような口調で、再び彼に投げ返したのです。然し決して復讐《ふくしゅう》ではありません。私は復讐以上に残酷な意味を有っていたという事を自白します。私はその一言《いちごん》でKの前に横たわる恋の行手を塞《ふさ》ごうとしたのです。

（夏目漱石『こころ』「下　先生と遺書」四十一）


「先ず《ま》」はあるが、〈次〉がない。

「使った言葉」は〈あることを目的として「使った言葉」〉などの不当な略か。

「使った通り」は変。房州でKは「向上心が」（下三十）と言った。「向上心の」ではない。

「復讐《ふくしゅう》」は、〈房州で「軽薄もの」扱いされたことに対する「復讐《ふくしゅう》」〉の略。

「復讐以上」に「復讐《ふくしゅう》」が含まれないのは変。

「意味」の意味は〈意図〉か。不明。

『こころ』には「横たわる」が何度か出てくるが、どれも誤用。

『こころ』における「恋」は意味不明。したがって、「恋の行手」も意味不明。「行手」は、その逆、つまり、経緯が不明であることを隠蔽する言葉だろう。

彼の重々しい口から、彼の御嬢さんに対する切ない恋を打ち明けられた時の私を想像して見て下さい。

（夏目漱石『こころ』「下　先生と遺書」三十六）

「重々しい口」は意味不明。「彼の重々しい口から」は〈「彼の」「口から」「重々しい」口調で〉とでも添削してやるか。〈Kの「御嬢さんに対する切ない恋」の物語〉を、読者は作者に代って「想像して」やらなければならない。その仕事は、私には困難だ。したがって、「御嬢さんに対する切ない恋を打ち明けられた時の私を想像して」と頼まれても、無理だ。「恋の行手」云々に続く話が、私にはほとんど理解できない。だから、飛ばす。

こういう過去を二人の間に通り抜けて来ているのですから、精神的に向上心のないものは馬鹿だという言葉は、Kに取って痛いに違いなかったのです。

（夏目漱石『こころ』「下　先生と遺書」四十二）


「こういう」がどういうことだか、私には読み取れない。

「過去を二人の間に通り抜けて来て」は意味不明。

「来ているのですから」に呼応させるには、「違いなかったのです」は〈違いないと思ったのです〉などでなければならない。ただし、このように語ると、〈実は違っていた〉という含意が生じる。この含意を処理できないから、語り手Sはおかしな言葉遣いをしているのだろう。

「僕は馬鹿だ」

わけのわからない問答。


『精神的に向上心のないものは、馬鹿だ』

私は二度同じ言葉を繰り返しました。そうして、その言葉がKの上にどう影響するかを見詰めていました。

『馬鹿だ』とやがてKが答えました。『僕は馬鹿だ』

（夏目漱石『こころ』「下　先生と遺書」四十一）


「二度」の理由、あるいは三度ではない理由などが不明。

「繰り返し」た理由が不明。

「そうして」は、〈そうすることによって〉や〈そうしながら〉などの混交。

「Kの上に」は意味不明。

「どう影響するかを見詰めて」は意味不明。

最初の「馬鹿だ」は、Kの頭の中にいる誰かの言葉の復唱であり、〈御前は「馬鹿だ」〉の略だ。Kはそいつに対して〈そうだ。「僕は馬鹿だ」〉と応じたわけだ。

どちらも、眼前のSに対する返事ではない。

「馬鹿」のK的含意は不明のまま、『こころ』は終わる。

ばかばかしい

「馬鹿」はNの自分語だろう。

「貴様は馬鹿だ」と兄が大きな声を出した。代助は俯向《うつむ》いたまま顔を上げなかった。

「愚図だ」と兄が又云った。「不断は人並以上に減らず口を敲《たた》く癖に、いざと云う場合には、まるで唖のように黙っている。そうして、陰で親の名誉に関わるような悪戯《いたずら》をしている。今日《こんにち》まで何のために教育を受けたのだ」

（夏目漱石『それから』十七）

代助は大卒のニートで、何に関しても意欲がない。理想もない。親の金で一軒を構え、書生を置いて、無為に暮している。腹の減らない「馬鹿」には「減らず口を敲《たた》く癖」がつく。

代助は「自分に特有なる細緻《さいち》な思索力と、鋭敏な感応性」（『それから』一）が自慢。だが、作中の誰一人として彼を尊敬していない。『それから』の作者が想定する読者は、代助をどのように評価すべきか。作者は、代助を批判しているのだろうか。あるいは、「兄」のような人々を批判しているのだろうか。どっちもどっちか。

「兄」の言葉遣いはよろしくないが、その主旨は常識的なものだ。代助は、結局、勘当されてしまう。当然の成り行きだ。なるようになっただけのこと。ばかばかしい。

或者はまるで彼の存在を認めなかった。或者は通り過ぎる時、ちょっと一瞥《いちべつ》を与えた。

「御前は馬鹿だよ」

稀《まれ》にはこんな顔つきをするものさえあった。

（夏目漱石『道草』九十七）

『道草』は、『こころ』の次に発表された。

「彼」は健三という名で、作家以前のNがモデルらしい。「ちょっと」は不要。健三は〈誰か私の「存在」を認めてくれよ〉と叫びたかったのだろう。そんな思いが顔に出ていて、だから、通行人がチラ見したか。「御前は馬鹿だよ」というのは幻聴のようでもあり、単なる想像のようでもある。「こんな顔つきをするもの」は、健三の幻覚のようだが、実在したのかもしれない。

この場面の語り手は、情景を客観的に語っているのでもなく、健三の妄想を語っているのでもない。語り手には、通行人の見方と健三の見方の仕分けができないのだ。つまり、普通の意味で馬鹿なのは、語り手だ。『道草』は、ばかばかしい。

文豪は「馬鹿」

文豪Nは「馬鹿」だった。

もし世の中に全知全能の神があるならば、私はその神の前に跪《ひざま》ずいて、私に毫髪《ごうはつ》の疑《うたがい》を挟《さしはさ》む余地もない程明らかな直覚を与えて、私をこの苦悶《くもん》から解脱《げだつ》せしめん事を祈る。でなければ、この不明な私の前に出て来る凡《すべ》ての人を、玲瓏透徹《れいろうとうてつ》な正直ものに変化して、私とその人との魂がぴたりと合うような幸福を授け給わん事を祈る。今の私は馬鹿で人に騙《だま》されるか、或は疑い深くて人を容《い》れる事ができないか、この両方だけしかないような気がする。不安で、不透明で、不愉快に充ちている。もしそれが生涯つづくとするならば、人間とはどんなに不幸なものだろう。

（夏目漱石『硝子戸の中』三十三）


「全知全能」でなくてもよかろう。

〈「直覚を与えて」くれる「神」〉で十分。ただし、「直覚」は意味不明。

「神があるならば」はふざけ過ぎ。「全知全能の神」と取引をする気か。しかも、その代償が「跪《ひざま》ずいて」やるだけか。

「毫髪《ごうはつ》の疑《うたがい》を挟《さしはさ》む余地もない程」は贅沢。とりあえず、〈もうちょっと「明らかな直覚」〉で我慢しなさい。

「この苦悶《くもん》」について、この前に縷々語られているが、意味不明。

「神」の正体は不明。

Nがどんなふうに「不明な」のか、私には読み取れない。

「出て来る」のを待つのは怠け者。被愛願望の露呈だ。

「玲瓏透徹《れいろうとうてつ》な正直もの」は意味不明。普通の人に通じないような漢語を盾にしてその陰に身を隠す癖が治らない限り、実直な人が「前に出て来る」可能性はゼロだろう。

「変化して」は〈「変化」せ「し」め「て」〉の間違いか。

「魂」は意味不明。したがって、「幸福」の実態も不明。

どんなふうに自分が「騙されるか」ということについて、Nは明らかに語っていない。「容《い》れる」様子も語っていない。

「疑い深くて」には笑わされる。間違いなく、「騙され」てきたのだ。つまり、「人」はNに対して、「不安で、不透明で、不愉快」な感情を隠して対面してきた。

「人を容《い》れる事ができない」は、〈「人」はN「を容《い》れる事ができない」〉の間違い。

「騙される」の真相は、〈「人」はN「を容《い》れる事ができ」るとNが勘違いする〉

だろう。

「両方だけしか」は、〈「両方だけ」〉と〈「両方」「しか」〉の混交。〈「両方だけ」〜「ない」〉だと、「両方」以外に何かがありそうだ。〈「両方」「しか」〜「ない」〉だったら、言うまでもなく、「両方」以外には何もない。何かがありそうで、なさそうな、矛盾した気分の露呈だ。Nは、この種の矛盾の露呈に気づいていない。

「不透明」は意味不明。「不愉快」の反対が「幸福」らしい。だったら、お手軽な「幸福」だ。あるいは、「愉快」が意味不明。

「それ」の指す言葉はない。

「人間」は「私」が適当。「人間」につなげたいのなら、「つづくとするならば」は〈誰にでも「つづく」ことだと「するならば」〉などとやるべきだった。

Nは、彼一人の「不愉快」を、何の断りもなく「人間」全体に共有させようと企む。こんな汚い言葉遣いをするからNは嫌われたのだろう。

四　劇的アイロニー

不合理な二者択一

「遺書」の語り手Sは、不合理な二者択一を聞き手Pに迫る。

凡《すべ》てを叔父任せにして平気でいた私は、世間的に云えば本当の馬鹿《ばか》でした。世間的以上の見地から評すれば、或は純なる尊《たっと》い男とでも云えましょうか。

（夏目漱石『こころ』「下　先生と遺書」九）

Sが「本当の馬鹿《ばか》」なら、叔父によってとっくに禁治産者にされていたはずだ。逆に、「純なる尊《たっと》い男」であれば、まるで「本当の馬鹿《ばか》」みたいに「財産」（下九）を叔父に与えて「平気でいた」ことだろう。「訴訟」（下九）に関わるような話題で「本当の馬鹿《ばか》」という言葉を用いる語り手Sは、社会人として怪しい。

聞き手Pの対応はどこにも記されていないが、読者は〈Pは「純なる尊《たっと》い男」を選ぶ〉と思うはずだ。この場合、読者は作者によって「純なる尊《たっと》い男」を選ばされることになる。

釈尊の弟子の一人。兄の摩迦槃特が聡明であったのに比し愚鈍であったが、後に大悟したという。悟りに賢・愚の別がないことのたとえとされる。盤特。

（『広辞苑』「しゅりはんどく【周利槃特】」）

Sは、愚者のような賢者として描かれている。だが、「大悟した」という話はない。

——馬鹿になっても構わない、いや馬鹿になるのは厭《いや》だ、そうだ馬鹿になるはずがない。

（夏目漱石『明暗』百七十三）

津田の内言。
彼は、すでに普通の意味で馬鹿になっている。つまり、まともにものを考えることができなくなっている。これが〈津田は馬鹿になっている〉という作者による表現ではないとしたら、この「馬鹿」は意味不明だ。

失敗したアイロニー

Sは、「本当の馬鹿」ではないが、ある種の「馬鹿」だった。そのことに本人は気づいていないが、読者にはわかる。『こころ』は、SやPやKのような暗めの知的俗物に対する皮肉と誤読できる。彼らは『吾輩は猫である』に登場する道化どもと同じタイプだ。

劇中人物が自らの状況のなかにいて知らずにいることを、観客が知っていて、劇中人物という当事者の無知を目のあたりにする効果をいう。たとえば、自らが犯人であることを知らずに、殺人犯の探索に乗り出すオイディプス王について、観客の感ずる効果がそれである。そのとき観客は、無知な人間が己の力を誇り、傲（おご）り高ぶっていながら、実は運命にもてあそばれている者であることを、オイディプス王の一つ一つのことばのなかに直観する。
（『日本大百科全書（ニッポニカ）』「劇的アイロニー」佐々木健一）

『こころ』には劇的アイロニーが認められそうだ。

イアーゴー　ああ、みじめな阿呆《フール》だ、
愛してきたあげく誠実のせいで悪党《ヴァイス》にされるとは！
（シェイクスピア『オセロー』後出エンプソン論文から）

「愛して」は、〈オセローを敬い「愛して」〉の略。「誠実」とは、イアーゴーがオセローに、その妻の不貞を告げたときの態度。不貞は、オセローを悩ませるための作り話だから、言うまでもなく、観客の観点では、イアーゴーは「悪党《ヴァイス》」だ。イアーゴーは、〈「世間的に云えば」自分は「阿呆《フール》」だ〉と、オセローに訴える。

オセローは〈自分は「世間的以上の見地」に立つ人物だ〉と思いたくて、イアーゴーにやすやすと騙されてしまう。

Pはオセローのようだ。イアーゴーのようなSに騙されてやらなければならない。

ここにあらわれているのは、世間はそう考えているかもしれないが、「阿呆《フール》」にはなるものかというイアーゴーの気持である。だがこの気持は劇的アイロニーでもあり、彼の「誠実な」の概念に立ち戻る。彼は陰謀に我を忘れることによって「阿呆《フール》」になっているのだ。彼は他人を認識することにも、そして恐らく自分自身の欲求を認識することにすら失敗している。（ウィリアム・エンプソン『『オセロー』における「誠実な」Honestという単語』）

エンプソン的に読めば、語り手Sは、ある種の「馬鹿」になっている。彼は、語り手として失敗しているわけだ。作者は、このことに気づいているのだろうか。

第五章 「明治の精神」

一 「恐ろしい力」

痩せ我慢

「明治の精神」(下五十五)を庶民の言葉に直すと、〈痩せ我慢〉だろう。痩せ我慢で、『草枕』の主人公のように、鬱々としつつ飄々として見せる人もいる。

御辞儀などはほんの一例ですが、すべて倫理的意義を含む個人の行為が幾分か従前よりは自由になったため、窮屈の度が取れたため、すなわち昔のように強《し》いて行い、無理にもなすという瘠我慢《やせがまん》も圧迫も微弱になったため、一言にして云えば徳義上の評価がいつとなく推移したため、自分の弱点と認めることを恐れもなく人に話すのみか、その弱点を行為の上に露出して我も怪しまず、人も咎《とが》めぬと云う世の中になったのであります。私は明治維新のちょうど前の年に生れた人間でありますから、今日この聴衆諸君の中《うち》に御見えになる若い方とは違って、どっちかというと中途半端の教育を受けた海陸両棲動物のような怪しげなものでありますが、私らのような年輩の過去に比べると、今の若い人はよほど自由が利《き》いているように見えます。また社会がそれだけの自由を許しているように見えます。漢学塾へ二年でも三年でも通《かよ》った経験のある我々には豪《えら》くもないのに豪そうな顔をしてみたり、性《せい》を矯《た》めて瘠我慢《やせがまん》を言い張って見たりする癖が能《よ》くあったものです。――今でもだいぶその気味があるかも知れませんが。

（夏目漱石『文芸と道徳』）

「窮屈」から「意地を通せば窮屈だ」（『草枕』一）が連想されよう。「瘠我慢《やせがまん》」は、「無鉄砲《むてっぽう》」（『坊っちゃん』一）や「意地」の類語だろう。「弱点」

は〈恥〉などが適当だろうが、そうした言葉を明示しないのも「明治の精神」のせいらしい。「恐れもなく」は〈恐れ気もなく〉といった意味だろうが、〈恥も外聞もなく〉が適当。

「中途半端の教育」からは、「自分の品格を重んじなければならないという教育から来た自尊心」（下十六）が連想される。

「明治の精神」の類語らしいのをざっと挙げてみる。

「淋《さび》しい気」（上七）「どうも仕方がない」（上十三）「厭世《えんせい》に近い覚悟」（上十五）「耻《はじ》」（上二十五）「大変執念深い男」（上三十）「精神的に癇性」（上三十二）「人間のどうする事も出来ない持って生れた軽薄」（上三十六）「卑怯《ひきょう》」（下上一）「矛盾な人間」（下一）「我《が》」（下一）「鋭敏過ぎて」（下二）「倫理的に暗い」（下二）「物を解きほどいて見たり、又ぐるぐる廻して眺めたりする癖」（下三）「煩悶《はんもん》や苦悩」（下三）「先祖から譲られた迷信の塊」（下七）「馬鹿気た意地」（下九）「他《ひと》は頼りにならないものだという観念」（下十二）「自分で自分が耻《は》ずかしい程」（下十二）「猜疑心《さいぎしん》」（下十五）「狐疑《こぎ》」（下十八）「偉くなる積り」（下十九）「神経衰弱」（下二十二）「道学の余習なのか、又は一種のはにかみなのか」（下二十九）「元の不安」（下二十九）「気取るとか虚栄とかいう意味」（下三十一）「癇《かん》癪持《しゃくもち》」（下三十四）「狡猾《こうかつ》な男」（下四十七）「世間体」（下四十八）「この不可思議な私というもの」（下五十六）

カタカナ語なら、〈スノビズム〉でよかろう。

「恐ろしい影」

Sは、Kの亡霊に苛まれているのだろうか。だったら、『こころ』は怪談だ。『こころ』が怪談でないとしたら、Sに何が起きていたのだろう。

私の胸にはその時分から時々恐ろしい影が閃《ひら》めきました。初めはそれが偶然外《そと》から襲って来るのです。私は驚ろきました。私はぞっとしました。然ししばらくしている中《うち》に、私の心がその物凄《ものすご》い閃めきに応ずるようになりました。しまいには外《そと》から来ないでも、自分の胸の底に生れた時から潜んでいるものの如《ごと》くに思われ出して来たのです。私はそうした心持になるたびに、自分の頭がどうかしたのではなかろうかと疑《うたぐ》って見ました。けれども私は医者にも誰にも診て貰う気にはなりませんでした。

（夏目漱石『こころ』「下　先生と遺書」五十四）

「その時分」は、〈静とSの関係がSには修復不可能のように思われだした「時分」〉だろう。だが、明瞭には語られていない。

「恐ろしい影」は、「もう取り返しが付かないという黒い光」（下四十八）の再来らしい。これが成長して「恐ろしい力」（下五十五）になり、やがて口を利くようになる。

「閃《ひら》めき」は〈ちらつき〉と解釈する。「閃《ひら》めきました」は、「その時分から時々」に呼応させるには、〈「閃《ひら》め」くようになり「ました」〉などが適当。

「初め」は〈「初め」の頃〉などが適当。

「偶然」ではないのかもしれない。

「来るのです」は、「初めは」に呼応させるのなら、〈来ていた「のです」〉などが適当。

「しばらく」の長さを想像することはできない。「しばらく」何を「している」のか。

「しまいには」の結びとして、「思われ出して来たのです」の「出し」は不適当。「如《ごと》く」だから、実際には「自分の胸の底に生れた時から潜んでいるもの」ではないようだ。真相は一つしか考えられない。「恐ろしい影」は、「偶然外《そと》から襲って来る」のでもなく、「生れた時から潜んでいるもの」でもなく、〈ある刺激に反応して生じる「もの」〉だろう。その刺激とは孤立感などだろう。淋しくて、つい、「影」を呼び出してしまうのだ。

「誰にも診て」の「誰」に相当するのは、「診て」を考慮すれば、易者などだ。「医者」に相談する場合、「恐ろしい影」は科学系の幻覚などだ。易者などに相談する場合、「恐ろしい影」は呪術系の霊魂などだ。「恐ろしい影」がSの「外《そと》」に存在するのなら、『こころ』は怪談だ。「胸の底」に潜んでいるのなら、『こころ』は心理小説だ。どちらだろう。

よくみられるものに「思路弛緩（しろしかん）があります。話が徐々に別の話題へそれていったり、唐突に別のことを言いだしたりします。重症になると、他の人にはまったく話の意味が理解できない「滅裂思考（めつれつしこう）」になります。

（『ホームメディカ新版　家庭医学大事典』「統合失調症」）

語られるSの心理状態がどうなっているのか、よくわからない。だが、語り手Sの思路は、かなり怪しい。実際に怪しいのは、作者の思路だろう。

「不可思議な力」

Sは、「煩悶《はんもん》や苦悩」によって「恐ろしい力」を育てる。しかし、その自覚はない。

死んだ積りで生きて行こうと決心した私の心は、時々外界の刺戟《しげき》で躍り上がりました。然し私がどの方面かへ切って出ようと思い立つや否《いな》や、恐ろしい力が何処からか出て来て、私の心をぐいと握り締めて少しも動けないようにするのです。そうしてその力が私に御前は何をする資格もない男だと抑え付けるように云って聞かせます。すると私はその一言《いちげん》で直《す》ぐたりと萎《しお》れてしまいます。しばらくして又立ち上がろうとすると、又締め付けられます。私は歯を食いしばって、何で他《ひと》の邪魔をするのかと怒鳴り付けます。不可思議な力は冷《ひや》やかな声で笑います。自分で能く知っている癖にと云います。私は又ぐたりとなります。

（夏目漱石『こころ』「下　先生と遺書」五十五）

「死んだ積りで生きて行こう」と思えるのなら、〈「殉死する積り」（下五十六）「で生きて行こう」〉とならないのか。

「決心した私の心は」は、〈「決心した」のに、「私の心は」〉などが正しい。

「時々」の具体例は語られていない。

「刺戟《しげき》」は〈「昔しの同級生で今著名になっている誰彼」（上十一）の活躍を知ること〉などだろう。

「然し」は不適当。

「どの方面か」について、具体例は示されていない。変だ。

「生きて行こう」と思うから、「偉くなる積り」が復活する。「偉く」ない生き方がSには想像できない。

「切って」は意味不明。

「恐ろしい力」が擬人化されかけている。人面瘡が勝手に口を利くみたいな感じだ。

「何処」が外部なら、『こころ』は怪談だ。そこは内部のはずなのに、そうした話しぶりになっていない。心理分析ができていない。虻蜂取らず。

「出て」は、〈力が「出て」〉と〈力という名前の化け物が「出て」〉の二股を掛けている。

〈「心を」～「握り締めて」〉は意味不明。

「その力」の擬人化が完了。

Sは、〈「資格」って何?〉と質問しない。なぜだろう。「資格」は〈愛される「資格」〉であり、そのことを自覚したくないからだ。〈「歯を食いしばって」~「怒鳴り付け」〉は意味不明。「恐ろしい力」は「不可思議な力」と改名。この「力」は、Sの質問に対してともに答えない。Sも、〈「能く」は知らないから、ちゃんと教えてちょうだい〉と頼めない。実際に「不可思議な」のは、勿論、S自身だ。後に、Sは「この不可思議な私というもの」(下五十六)と語るようになる。「力」と自分が渾然一体となるわけだ。

「不可思議な恐ろしい力」

続きを読もう。

波瀾《はらん》も曲折もない単調な生活を続けて来た私の内面には、常にこうした苦しい戦争があったものと思って下さい。妻《さい》が見て歯痒《はがゆ》がる前に、私自身が何層倍歯痒い思いを重ねて来たか知れない位です。私がこの牢屋《ろうや》の中《うち》に凝《じっ》としている事がどうしても出来なくなった時、又その牢屋をどうしても突き破る事が出来なくなった時、必竟《ひっきょう》私にとって一番楽な努力で遂行出来るものは自殺より外にないと私は感ずるようになったのです。貴方は何故と云って眼を睜《みは》るかも知れませんが、何時も私の心を握り締めに来るその不可思議な恐ろしい力は、私の活動をあらゆる方面で食い留めながら、死の道だけを自由に私のために開けて置くのです。動かずにいればともかくも、少しでも動く以上は、その道を歩いて進まなければ私には進みようがなくなったのです。

（夏目漱石『こころ』「下　先生と遺書」五十五）

「不可思議な恐ろしい力」は、Kの亡霊ではない。静の生霊だ。言い換えよう。Sは、彼自身が思い描く静に苛まれているのだ。Sは、静と妄想の世界で「苦しい戦争」を続けていた。

「妻《さい》」が「見て」いるのは、形式的には「単調な生活」だが、真相としては「私の内面」だ。Sは、彼の妄想としての静に「常に」盗み見られている。静の生霊のようなものを仮設しないので、Sは「内面」の世界を構想できない。いや、構想できないのは作者だ。

「この牢屋《ろうや》」は、ここで不意に現れた。だから、その「中《うち》」の様子は知れない。

「又」は変。

「一番楽な努力」には大笑い。「楽」でないのが「努力」だろう。

〈「自殺より外にないと」〜「感ずる」〉は意味不明。〈観ずる〉の誤記か。

私は「何故」と問えない。意味不明だからだ。

「何時も」は〈「私がどの方面かへ切って出ようと思い立つや否《いな》や」「何時も」〉の略。「何時も」は何に係るのか。

「不可思議な力」氏が「不可思議な恐ろしい力」と改名。

「あらゆる」は、Sが進みたい「方面」を隠蔽するための言葉だ。

「死の道」は意味不明。〈「死」へ「の道」〉の誤記か。あるいは、〈「死んだ積り」「の道」〉の略か。

「自由に」の被修飾語は「開けて置く」か。あるいは、〈歩いて進めるように〉か。

つまり、「自由に」やるのは、Sの一部であるはずの「力」か、妄想の世界の住人であるSか。語り手Sは、加害者の自分と被害者の自分を仕分けできなくなった。
「動かずにいれば」は変。寝たきりではあるまい。散歩しよう。
「歩いて」ではなく、這ったり転がったり走ったりといった「進みよう」はないのか。

二 「殉死」の「意義」

「殉死でもしたら可《よ》かろう」

「黒い影」が静となって現れる。

すると夏の暑い盛りに明治天皇が崩御《ほうぎょ》になりました。その時私は明治の精神が天皇に始まって天皇に終ったような気がしました。最も強く明治の影響を受けた私どもが、その後《あと》に生き残っているのは必竟時勢遅れだという感じが烈《はげ》しく私の胸を打ちました。私は明白《あから》さまに妻にそう云いました。妻は笑って取り合いませんでしたが、何を思ったものか、突然私に、では殉死でもしたら可《よ》かろうと調戯《からか》いました。

（夏目漱石『こころ』「下　先生と遺書」五十五）

「すると」は〈ところが〉などが適当。

「夏の暑い盛り」に文芸的効果はない。

「明治の精神」の典拠は不明。

「天皇に始まって天皇に終った」は意味不明。

「終ったような気」というのだから、「終った」わけではない。

「最も強く」とする根拠は不明。

「私ども」のメンバーは不明。

「その後《あと》」の「そ」が指すものは、「崩御《ほうぎょ》」か、〈「明治の精神が」「終った」〉か。

「生き残っている」は意味不明。「生き残っているのは必竟時勢遅れだ」というのは意味不明。これに「という感じ」が付くと、ほとんど無意味。

「明白《あから》さまに」は意味不明。

静が「笑って取り合」わなかった理由は不明。

「何を思ったものか」がわからないのに、どうして「調戯《からか》いました」と言えるのか。

Sは「殉死」の静的意味を知っているのか。知っているはずだ。語り手Sは隠蔽している。


私は殉死という言葉を殆《ほと》んど忘れていました。平生使う必要のない字だから、記憶の底に沈んだまま、腐れかけていたものと見えます。妻の笑談《じょうだん》を聞いて始めてそれを思い出した時、私は妻に向ってもし自分が殉死するならば、明治の精神に殉死する積りだと答えました。私の答も無論笑談に過ぎなかったのですが、私はその時何だか古い不要な言葉に新らしい意義を盛り得たような心持がしたのです。

（夏目漱石『こころ』「下　先生と遺書」五十六）

「忘れて」は「意識的に記憶から消そうとする」(『広辞苑』「忘る」)という感じを含むか。

「必要」は〈こと〉で十分だろう。

「字」を「忘れて」いたってこと?

「記憶の底」は意味不明。

〈「言葉」あるいは「字」が「腐れ」〉は意味不明。気障ですらない。

「もし」で「積り」の「笑談」だ。降ってわいたような「明治の精神」という言葉が、ここで「笑談」として意味ありげなものに昇格した。自殺が現実味を帯びるのは、「乃木大将の死ぬ前に書き残して行ったもの」(下五十六)を読んだ後だ。

「意義」は意味不明。だから、「古い」も「新らしい」もない。

「盛り得たような」だから、「盛り得た」のではない。

御一人様

「殉死」云々の場面を芝居に仕立てよう。

S　（読んでいた新聞を膝に置いて）明治の精神が天皇に始まり天皇に終わったような気がする。最も強く明治の影響を受けた私どもが、その後に生き残っているのは必竟時勢遅れだという感じがする。その感じが烈しく私の胸を打つ。

静　（笑）では、殉死でもしたらよかろう。

S　殉死という言葉をほとんど忘れていた。平生使う必要のない字だから、記憶の底に沈んだまま、腐れかけていたものと見える。御前の冗談を聞いて初めてそれを思い出した。もし自分が殉死するならば、明治の精神に殉死するつもりだ。（笑）何だか古い不要な言葉に新しい意義を盛り得たような心持ちがする。

静の返事が欲しい。

S　（新聞を見ながら）天皇陛下がお亡くなりになったね。

静　……これからどうなるんでしょう、私たち。（針仕事の手が止まる）

S　封建時代に戻るのかな。社会主義国になるのかな。いずれにせよ、そんな社会に自分が適応できるとは思えない。俺たちも死んだ方がいいんじゃないか？

静　どうぞ、御一人様で。（作り笑い）じゃあ、殉死でもしてみます？

S　ジュンシ？　ああ、殉死ね。いや、勝手に殉死なんかできないんだよ。だから、もし俺が殉死するとしたらだな、ううん、明治の精神に殉死するつもりにでもなってみるかな。（すすり泣きのような含み笑い）

静　（溜息のように）イミフ〜。（反応がないので）略してIMFナンチャッテ。

S　（静の声が聞こえているのか、いないのか。ぎらぎらした目で中空を仰ぐ）

静　（Sを不必要に長く見てから針仕事に戻ろうとするが、手は動かない）

静は、夫婦《めおと》心中の誘いを拒絶するために、Sに自殺を勧めた。自殺を止めるためではあるが、本音が漏れたようでもある。自分でも気づかなかったSに対する疎ましさを、静は露呈してしまったようだ。静の害意を感知して、Sは慌てて嫌味で返す。同時に自殺願望が募る。静がSを殺したようなものだ。女に対する不満や恨みなどを、作者は露呈している。文芸的に表現しているのではない。

静が心中に同意してくれたら、Sは安心できたのだろう。妄想の心中によって、二人は再生するわけだ。

盲人の沢市は、女房お里が夫の目が見えるようにと壺坂寺観世音へ夜参りしているのを知ってふびんがり、谷底に投身する。お里もあとを追うが、霊験によって二人とも生き返り沢市の目も開くという筋。

（『百科事典マイペディア』「壺坂霊験記」）

Sは、この奇跡的再生の物語を妄想的に再演しようとしたが、静に拒否されて絶望した。

「殉死」の「意義」は「無論笑談」なのだよ。

「明治の精神」が消滅したから、Sはその後を追って死ぬ。しかし、「明治の精神」

は彼の頭の中にあったものだ。Sは、自分の頭の中に生じた穴へ身を投じるわけだ。

さくらんぼうの種を食べた男の頭に桜が育ち、花が咲く。花見客がうるさいので木を抜くと、その跡が池となり、今度は魚釣り客でにぎわう。悲観した男は、自分の頭の池に身を投げる。

（『広辞苑』「頭山《あたまやま》」）

『こころ』は、単なる冗談ではない。ナンセンスだ。

三 「私の秘密」

「私に乃木さんの死んだ理由が能く解らないように」

Kの自殺、乃木の自殺、そして、Sの自殺の、それぞれの動機について、Sはどんな関係があると考えているのか。不明。作者は何をしているのだろう。

それから二三日して、私はとうとう自殺する決心をしたのです。私に乃木さんの死んだ理由が能く解らないように、貴方にも私の自殺する訳が明らかに呑《の》み込めないかも知れませんが、もしそうだとすると、それは時勢の推移から来る人間の相違だから仕方がありません。或《あるい》は箇人《こじん》の有《も》って生れた性格の相違と云った方が確《たしか》かも知れません。私は私の出来る限りこの不可思議な私というものを、貴方に解らせるように、今までの叙述で己れを尽した積りです。

私は妻を残して行きます。

（夏目漱石『こころ』「下　先生と遺書」五十六）

「私に乃木さんの死んだ理由が」の前で改行すべきだろう。

〈Sに「乃木さんの死んだ理由が能く解らない」こと〉と〈PにSの「自殺する訳が明らかに呑《の》み込めない」こと〉の間に合理的な関係はない。だから、「そうだとすると」という仮定は無意味。「それ」は〈「それ」ら〉であるはずだ。つまり、話は別であるはずだ。
「時勢の推移から来る人間の相違」よりも「箇人《こじん》の有《も》って生れた性格の相違」の方が「確《たしか》」だとすると、もっと「確《たしか》」らしいのは、〈育ちの違いによる「性格の相違」〉だろう。

Ⅰa　「私に乃木さんの死んだ理由が能く解らないように、貴方にも」「乃木さんの死んだ理由が」「明らかに呑《の》み込めない」
Ⅱa　「私に」「私の自殺する訳が」「能く解らないように、貴方にも私の自殺する訳が明らかに呑《の》み込めない」

これらを無理に裏返すと、次のようになる。

Ⅰb　Sには乃木の気分が想像できなくもないから、Pにもできなくはない。
Ⅱb　Sには自身の気分が想像できなくもないから、Pにもできなくはない。

この二種の物語を無理に混交し、作者は次のような考えを暗示している。

乃木が言葉にできない気分をSは感得できる。また、Sが言葉にできない気分をPは感得できる。よって、作者が言葉にできない気分を読者は感得できる。

これは虚偽の暗示だ。

Nの小説は、語り手による虚偽の暗示によって、かろうじて作品の体裁を保っている。

「当人相応の要求」

語られるSの想像する〈「乃木大将」の死の物語〉を、語り手Sは隠蔽している。

この物語の主題は、「死ぬ前に書き残して行ったもの」(下五十六)の内容ではない。書き物をするときの彼の心境だ。Sの場合、「この不可思議な私というもの」

（下五十六）を表現する演技。これが主題なのだ。エゴイズムではなく、エゴチスム。

渡辺崋山《かざん》は邯鄲《かんたん》という画《え》を描《か》くために、死期を一週間繰り延べたという話をつい先達《せんだっ》て聞きました。他《ひと》から見たら余計な事のようにも解釈できましょうが、当人にはまた当人相応の要求が心の中《うち》にあるのだから已むを得ないとも云われるでしょう。私の努力も単に貴方に対する約束を果すためばかりではありません。半ば以上は自分自身の要求に動かされた結果なのです。

（夏目漱石『こころ』「下　先生と遺書」五十六）

「要求」の真意は〈欲求〉だろう。

「約束」は「私の過去を残らず、あなたに話して上げましょう」（上三十一）という「約束」のこと。「過去」は意味不明。「残らず」は無理。「上げましょう」は誤用。

自殺前のSの心境は、彼の想像する「渡辺崋山《かざん》」の心境と同じか。同じだろう。

何人にも解けない殺人ミステリを案出するのが、私の大きな夢だった。しかし、いかなる芸術家も芸術それ自体では満足できないのに、私は気づいた。他人に認めてほしいと思うのが自然な感情ではないか。自分の頭のよさを他の人にわからせたいという、いかにも人間的な浅はかな願い。打ち明けて言えば、その願いがこの私にもあったということだ。これまで兵隊島の謎は解かれないものとして書いてきた。

（アガサ・クリスティー『そして誰もいなくなった』）

「遺書」の「謎」は解けているのか。解けている。だが、謎の答えは、Sの何かを「受け入れる事」（下二）のできる人にしか感得できない。勿論、「受け入れる」は意味不明。

「暗黒な一点」

最後の段落。

私は私の過去を善悪ともに他《ひと》の参考に供する積りです。然し妻だけはたった一人の例外だと承知して下さい。私は妻に何にも知らせたくないのです。妻が己れの過去に対してもつ記憶を、なるべく純白に保存して置いて遣りたいのが私の唯一《ゆいいつ》の希望なのですから、私が死んだ後《あと》でも、妻が生きている以上は、あなた限りに打ち明けられた私の秘密として、凡てを腹の中にしまって置いて下さい《ママ》」

（夏目漱石『こころ』「下　先生と遺書」五十六）

「過去」が〈前歴〉という意味なら、それは「ふつう、人に知られたくない事柄について用いる」（『類語例解辞典』303–01）から、「善」という言葉にそぐわない。だから、「過去」は意味不明。

「他《ひと》」とは誰か。

「参考」にするかどうかは、「他《ひと》」の決めること。僭越。

「供する積り」は〈あなたを介して「供する積り」〉の略か。

「妻が己れの過去に対してもつ記憶」は真相と異なるわけだ。

「純白に保存して」は意味不明。だから、「希望」は不可解。

P文書の語りの時点では、静は生存している。だから、Pは、静の死後、P文書を公開するつもりで、P文書の執筆を始めたのだろう。

「私の秘密」とは、〈SがKをいじめたこと〉のように誤読できる。その事実が、どうして静の「記憶」を汚すことになるのか。


私を理解してくれる貴方《あなた》の事だから、説明する必要もあるまいと思いますが、話すべき筋だから話して置きます。その時分の私は妻に対して己《おのれ》を飾る気はまるでなかったのです。もし私が亡友に対すると同じような善良な心で、妻の前に懺悔の言葉を並べたなら、妻は嬉《うれ》し涙をこぼしても私の罪を許してくれたに違ないのです。それを敢《あえ》てしない私に利害の打算がある筈《はず》はありません。私はただ妻の記憶に暗黒な一点を印《いん》するに忍びなかったから打ち明けなかったのです。純白なものに一雫《ひとしずく》の印気《いんき》でも容赦なく振り掛けるのは、私にとって大変な苦痛だったのだと解釈して下さい。

（夏目漱石『こころ』「下　先生と遺書」五十二）

「理解してくれる」の真意は、〈「受け入れる事」（下二）のできる〉だろう。

「その時分」と語りの時点の間で、何かが起きた。それは「乃木大将」の死ではない。静による心中拒否だ。

「亡友」は〈「亡友」の霊〉の不当な略だ。Kが生きているとき、Sは「善良な心」を発揮できなかった。

「嬉《うれ》し涙」の理由が不明。

「利害」は意味不明。

「妻の記憶」は狭い。しかし、広ければ真実だとは限らない。

「暗黒な一点」の物語は不明。

「容赦」をすれば？

「振り掛けるの」が自分にとって「苦痛」なんて、おかしい。Sは〈自分が振り掛けられるようだ〉といった物語を隠蔽している。自分がもう一人の自分に振り掛けているのだ。そうした妄想を、語り手Sは露呈してしまった。

「解釈して」だから、SはPに対して真相を明かしていないことになる。

白い紙の上に一点の暗い印気《いんき》が落ちたような気がした。鎌倉へ行くまで千代子を天下の女性《にょしょう》のうちで、最も純粋な一人《いちにん》と信じていた僕は、鎌倉で暮したわずか二日の間に、始めて彼女の技巧《アート》を疑い出したのである。

（夏目漱石『彼岸過迄』「須永の話」三十一）

この「一点の暗い印気《いんき》」と「暗黒な一点」は同質だ。

「馬鹿気た意地」

Sは「遺書」において、彼の「秘密」を明示していない。

しかしもっと適当に評したら、おそらく僕本来のわがままが源因なのだろうと思う。ただ僕は一言《いちごん》それにつけ加えておきたい。僕から云わせると、すでに鎌倉を去った後《あと》なお高木に対しての嫉妬心がこう燃えるなら、それは僕の性情に欠陥があったばかりでなく、千代子自身に重い責任があったのである。相手が千代子だから、僕の弱点がこれほどに濃く胸を染めたのだと僕は明言して憚《はばか》らない。では千代子のどの部分が僕の人格を堕落させるのだろうか。それはとても分らない。あるいは彼女の親切じゃないかとも考えている。

（夏目漱石『彼岸過迄』「須永の話」三十）

「しかし」は無視。

「わがまま」は意味不明。

「鎌倉を去った後《あと》」は、千代子は高木に会っていない。だから、「嫉妬心」は妄想的だ。

「僕の性情」は、私には要約できない。

静にも「重い責任」があるのだ。

「堕落」とは「嫉妬心」が募ること。

「親切」は、須永の妄想であるだけでなく、屁理屈でもある。

Sのいう「秘密」とは、〈静のせいでKは自殺した〉という事実だ。故意ではない。だが、静が悪いのだ。静は、SとKに対して曖昧な態度を示した。そのせいで、Kに対する対抗意識が強まり、SはKを苦しめた。Kは、もともと、自分を無用者と思って苦しみながら生きていたが、Sに排除されたせいでその苦しみが堪えがたいものになり、自殺した。失恋だけが原因ではない。

というふうに、なぜ、Sは語らないのか。

「遺書」の後、PはP文書を再開してSの代弁をしないが、なぜか。

『こころ』の作者は、なぜ、P文書を再開しなかったのか。

理由なんか、ない。作者としての理由は、特にないはずだ。

Nは、〈『こころ』の続編を書け〉と命じられたら、ほいほい、書いたろう。P文書を再開しなかった理由は、文芸的なものではない。楽屋の事情だ。一つには、編集者との折り合いがつかなかったからだろう。もう一つは、私生活においていろいろと忙しかったからだろう。忙しいのは、Nが「わがまま」だったせいだ。「わがまま」の「意味」は朦朧としている。「神経衰弱」といっても「馬鹿気た意地」（下九）といっても同じだろう。しかし、どうせ通じない。通じた気になられても困る。

著者プロフィール

志村 太郎（しむら たろう）

ホームページ「ミットソン」
http://park20.wakwak.com/~iroha/mittoson/
ブログ「ヒルネボウ」
http://blog.goo.ne.jp/irohakiiro
著書：『『こころ』の読めない部分』（2005年　文芸社）

『こころ』の意味は朦朧として

2020年11月15日　初版第1刷発行

著　者　志村 太郎
発行者　瓜谷 綱延
発行所　株式会社文芸社
〒160-0022 東京都新宿区新宿1－10－1
電話 03-5369-3060（代表）
03-5369-2299（販売）

印刷所　株式会社暁印刷

ISBN978-4-286-22026-0